スティラ・
ポンポーティル
名門ポンポーティル家
現当主の姪孫。
クロス・
エルフィド
二百年の時を生きる
老練の剣士。
とある理由により
若返ってしまった。

シャルーン・エルラ・
フェルステッド
フィラフィス王国の
第二王女。
【剣聖姫】の二つ名を持つ、
王国最強の騎士でもある。
ルージュ・
ストラリバリティ
雷鳴の力を操る
不思議な少女

CONTENTS

老練の時空剣士、若返る1

～二度目の人生、弱きを救うため爺は若い体で無双する～

鉄人じゅす

BRAVENOVEL
ブレイブ文庫

【プロローグ】

フィラフィス王国北部に位置し、都市から大きく離れた場所にある秘境の山、エストリア。

ここにやってくるのはおおよそ五十年ぶりだというのに頂上に行くまでの道は覚えているものだ。

「この場所は変わらんな」

その呟きに受け答えする者はいない。儂《わし》は腰に携えた二本の刀と背負う大太刀とともに二百年生きてきた孤高の老剣士じゃ。霊山エストリア。この場所はその地に魔力が満たされており、世界でも数少ない魔力の素《そ》を生む地脈が重なる場所だと言われている。つまり二百年生き続けた儂の最期にふさわしい場所だということだ。

「クカカッ！」

昂《たか》ぶってしまい思わず笑ってしもうた。長年待ち望んでいた現象がもう少しで目の前に現れるのだ。想像するだけで頬が緩んでくる。

年老いたとはいえまだまだ体は十二分に動く。前に飲んだ寿命を延ばす秘薬の効き目が思ったよりもいいようだ。百年しか生きられぬ人の体を無理矢理薬の力で二百年まで引き延ばしたがそれももう終わりじゃ。最期の刻まであと少し、ここでしばし時間が経つのを待つとしようか。

予想では今日太陽が沈み、月が頂点に昇った時、天から魔力が降り注がれるはずじゃ。五十年に一度、エストリア山の頂上に魔力が満ちる時がある。儂は今宵、その魔力によって至高の一振りを成す。

儂は腰に差した大業物《おおわざもの》である黒太刀に手を触れる。儂にとっての人生とはこの刀とともにあることだった。儂より才のあった者たちが剣を振るのを止《や》めて嫁や子にうつつを抜かし、子や孫に囲まれて墓へ入ろうとも儂は鍛練を続けた。雨の日も風の日も雪の日も一人で鍛練を続けた。気づけば齢は二百を超えてしまった。

「長く生きてしまったな……」

思わずしみじみと口にしてしまう。儂ほど長く生きた人間はこの世で存在はしまい。百年以上孤独に生きてきたため他者への興味も生への執着も正直なところない。ただ残す望みは一つ。磨いてきた至高の一振りをこの目で見て感じることである。それを成すことが儂の生き様《ざま》の証明よ。

背負う大太刀を鞘《さや》ごと外して、強く地面に突き刺す。そのままそれを背もたれ代わりに腰に差す太刀と小太刀を見据える。

魔力を帯びたこのエストリア山に五十年に一度降り注ぐ天からの魔力。それに二百年もの年月をかけて磨いてきた剣術を掛け合わせた時、何が起きるのか。魔力を帯びた状態での一振りはあまりに強力すぎて、魔力の濁流に巻き込まれ、人の体など消え去ってしまうかもしれない。それも構わぬ。剣に生き、剣に死ぬ。儂が望むのはそれだけのことよ。

最期の時を一人で過ごすつもりだったが、そうはさせてくれぬらしい。

「グルルルッッ」

「ほぅ、狼が六匹か」

突然現れて儂の喉仏を食いちぎろうとするハイウルフが涎《よだれ》を垂らして睨《にら》んでおるわ。ウォーミングアップにはちょうど良かろう。体が少し鈍《なま》っておったからな。

肉体の全盛期は過ぎてしまったが、技巧においては二百年かけて習熟した今が全盛期じゃ。

儂は腰に構える太刀を鞘から抜いて狼に向ける。ハイウルフ六体が次々と飛びかかってきた。その波状攻撃は並の人間では抑えきれぬであろう。老体では受け止めきれぬかもしれない。傷を負ってしまえば老体ゆえに回復するのにも時間はかかるかもしれぬ。

じゃが。

「おぬしたちでは儂には勝てんよ」

六体のハイウルフが一気に飛びかかってくるタイミングで虚空に向け横に刀を振るう。人が見れば空振りしたと思うだろう。しかし儂の剣技に空振りなど存在しない。

二百年鍛えあげた至高の剣技はいつしか時空すら斬り裂く剣技となってしまった。斬り裂かれた空間は突然次元の裂け目となって瞳のように広がりを見せ、大きく広がっていく。次元の裂け目は全てを吸い込み始めた。軟弱なウルフたちはその裂け目に吸い込まれていく。

「さらばじゃ」

その裂け目に捕らわれた瞬間、高圧で潰されたように六体のウルフは絶命した。

どういう原理でこうなるのか二百年経った今でもわからぬ。長い年月を生きてきたが、未だわからないことも多い。

「儂の時空剣術《じくうけんじゅつ》、虚空斬《こくうざん》は誰も耐えることはできんよ」

まだ若い時代、表舞台にいた頃、人は儂のことを時空剣士《じくうけんし》と呼んでいた。時空を操る剣士、決して大げさな名ではない。そう呼んだ者たちはすでに寿命で死に絶えておるだろうが。

表舞台を去った今、儂の剣技を知る者はどこにもおらんじゃろう。

「ギエエエエエエエッ！」

突然の咆吼《ほうこう》、エストリア山の頂上に翼竜ワイバーンが現れた。

「おぬしも五十年に一度のこの日を狙ってきたのか？」

並の実力ではあっと言う間に食われてしまいそうな圧力。さすが秘境の山エストリア。恐ろしい魔獣が住んでいる。儂は一度地面に突き刺した大太刀を両手で掴み翼竜に向ける。

「この力は儂のモノだ。弱き獣が邪魔をするなっ！」


さて……体もほぐれた。その後も様々な魔獣が儂を狙ってきたが大太刀で全て斬り捨てた。生き残ったのは儂のみ。当然の結果と言えるだろう。儂を苦戦させたくば凶悪な古龍でも連れてくるがいい。

さぁ夜も更けた。間もなく刻が来る。日が沈み、月が頂点に達し始めた。非常に快い。今なら、今なら理想の一振りができるかもしれない。

「おおっ」

天から光が降り、大地に魔力が満ちて山全体が輝き始めた。近くの草花がぐんぐんと成長していく。多大な魔力による異常活性か。鉱物や動物も影響を受け進化すると言われている。

儂はこのときを待っていた。その魔力は人の体にも作用する。魔力が肉体を包み込み、細胞の全てが活性化していく。二百歳越えの衰えた体は天地両方から発せられる魔力の渦に呑み込まれていた。

あまりに高い魔力に鼻血が出てきてしまう。もしや体全部が弾けてしまうのではないか。その恐れすらもある。儂はただ一振りできればいいのだ。それだけで構わない。その一振りがどのような結果をもたらすか。下手すれば儂の肉体が耐えきれず崩壊してしまうかもしれん。それこそ儂の最期の一振りにふさわしい。

儂は地面に突き刺した大太刀に一張羅を被せる。上半身を裸体で晒し、老体の全筋力を震わせる。

「さぁ……行くぞ」

気力を放出した儂は腰に携える一本の黒太刀を抜いた。

「どうなる……どうなる！　フハハハハハハハ！」

全身全霊、渾身《こんしん》の時空剣技を放つため、両手で握った太刀が円月を描くように反時計回りに振り動かした。その瞬間、魔力の渦が儂の体を取り囲んだことがわかった。それが儂にとって最期で最高の一振りだと。

「きええええええええええええっぃぃぃぃ」

もはや未練も何もない。このまま生涯を終わらせても問題ない。儂はこの世の理《ことわり》に感謝を述べながら大笑いをし続けた。魔力の濁流に呑み込まれ気を失うそのときまで。そして……そして……。


「ばぶぅ」

次目覚めた時、全てが変わってしまっていた。


ん、日の光が痛い。ここは……、あぁエストリア山か。意識はあり、記憶もあるということは死に損なったということか。あのまま死ねれば良かったのじゃが……。

世界はまだ儂に生きろというのか。しかしよく寝てしまった。月が頂上に行く頃に意識を失い、今はもう太陽がごく自然な位置にある。さて、起きるか。


「ばぶ?」

体がろくに動かん！　手も足も自由が利かず、思うように動けなかった。


「あ……あぁ！」

言葉もろくに操れん！　できるのはまばたきぐらいなものか。儂の体に何があったというんじゃや。もしや昨日の魔力の濁流で儂の体がおかしくなったというのか。


「ガルルル」

気配だけは変わらずに感じる。昨日倒したウルフの別の群れが数匹、動けない儂の近くでうろついておる。くっ、今までの儂であればなんてことない相手なのに、今の動けない体ではどうにもならん。

　こんな雑魚《ざこ》に食われ死ぬのが儂の末路だなんて。あまりの悔しさにできる限りの大声を上げた。無意味だとわかっていながらも悔しかったのだ。

「わわわああああああああああああん！」

　狼が飛びかかってきて、儂は目を瞑《つむ》り、死を覚悟した。しかしその瞬間、狼に鈍い音が響き、きゃんと悲鳴を上げる。目を開いた時、背の高い男が立っていた。

「なんでこんな所に赤ん坊がいるんだ!?」

　儂の前に現れたのは剣を持ち、レザーアーマーに身を包んだ小僧。儂を守るように狼と対峙する。そこにもう一人やってきた。

「エレナ、その子を！」

「うん！　もう大丈夫だから！」

　小僧とともにもう一人、美しい声色を持つ小娘が現れる。小僧の言葉に小娘は儂の体を守るように抱え上げた。むっ、大の男をこうまで軽々持ち上げるとはこの小娘は大したものだ。小僧は二十代前半の優男《やさおとこ》、小娘も幼さが残るが男と同い年くらいに見えた。

「ビスケス！　数が多いけど大丈夫？」

「俺は元冒険者だ。ウルフ程度で遅れはとらねぇよ」

　剣を持つ小僧は三匹の狼と対峙する。飛びかかってくるウルフをなんなく躱《かわ》して、剣で叩き斬っていく。言葉通りウルフを簡単に倒せるのは間違いない。しかし無駄の多い下手くそな動きだ。儂ならこうはならん。

ウルフを軽々討伐した小僧は剣を鞘に戻し、儂に近づいてきた。険しい顔で儂を見つめていた小童《こわっぱ》の表情が突然崩れた。

「バァ！　ベロベロベロバー」

バカ面《づら》を見せおって。儂をバカにしとるのか。小童の挑発に心底罵倒したくなったが体も口も動かない以上何もすることはできぬ。しかしどうなっとるんじゃ。儂の体を持ち上げる小娘もそうじゃが、この小童もでかすぎじゃろう。今時の若者は発育がいいのか？　栄養が行き渡っていることはいいことだが。

「うーん、笑わないなぁ。エレナ、赤ん坊に怪我はなさそうか？」

「ええ、傷一つないみたい」

「しかし……どうしてこんな所に赤ん坊が」

「ええ、こんな魔物だらけの山に赤ちゃんがいるなんてありえないわ」

この二人、何を言っているんじゃ。赤ん坊なんてどこにおるんじゃ。くっそ、言葉を伝えることができればこの無礼な小童や小娘にもの申せるんじゃが悔しい。

うん？　小娘のつぶらな瞳と目が合う。その瞳に映るのは儂ではなかった。確かにそれは赤子。

「ぶぎゃあああああ！」

儂、赤子になってる!?

「わっ、泣かないでっ！」

「……」

「泣き止んでくれた。どうしたんだろ。お腹空《す》いたのかな……」

小娘が儂を持ち上げて正面に持ってくる。この体のサイズ差。もはや間違いないと言えるだろう。

儂は巨大な魔力を帯びた状態で時空剣術を使ったことで、体が赤ん坊になってしまったのだ。なんということじゃ……。

「でも可愛い！」

娘っ子がぎゅっと抱きしめてくる。やめぃ苦しいわ。

「ビスケス。この子って何者なのかな」

「魔物に連れ去れらた可能性はおそらくないと思う。でも親の姿もないし、ここで捨てられたのかも」

「そんな……。赤ん坊を捨てるなんて」

「エレナ」

「私たちの子は死産だったのに！　どうしてそんなひどいことができるの」

小童が涙ぐむ小娘を慰めて寄り添っていた。この二人は夫婦のようじゃ。さらに産んだばかりの実子を亡くしてしまったと見える。小娘の表情が険しくなる。

「捨て子じゃなくて神の子かもな」

「神の子？」

娘っ子は聞き返す。

「ああ、昨日は魔力がエストリア山に降り注ぐ日だろ。俺たちの子を弔ったそのすぐ後に赤ん坊が見つかるなんてできすぎてる。もしかして神様が不思議な力でこの子を生み出してここに置いたのかも」

そんなバカな話があるか。儂は二百年生きとるんじゃよ。おぬしらが産まれる前から姿はジジイから変わらぬわ。生み出されたわけがない。

「私たちの子が亡くなって弔った直後にこの子を見つけた。偶然なのかな」

偶然じゃよ。娘っ子よ、何かを期待しているようだがジジイが若返っただけじゃよ。

「偶然……じゃないよな」

偶然じゃい。

「ねぇビスケス。この子を私たちの子として育てられないかな。こんな山じゃ行き場もないと思うし」

「いいのか？　エレナがいいなら俺は構わないけど」

「初めての赤ちゃんを弔って落ち込んだ私たちのために、神様はこの子を授けてくれたんだわ」

「そうだな。幸い、巨大な魔力で赤ん坊が蘇ったってことにしたらいい。こんな所に捨て子がいるなんて誰も思わないし、髪の色も俺と同じ白色系だから、バレることもねぇ」

「うん」

「きっとそうだ。エレナのために神はこの子を俺たちに託したんだ」

何を言っとるんだ小僧どもは。儂はただ昨日の夜、刀を振るっただけじゃよ。そして魔力のせいで赤子になってしまっただけじゃ。何が神の子じゃアホか。儂、この小僧どもの子になるの？　本当に？

「名前はもちろん」

「ええ、私たちが付ける予定だった名前、クロス。あなたはクロス・エルフィドよ！」

変な名前ではないがここにきて、別の名前を付けられることになるとは。儂の本当の名前は！　だめじゃ、口が成長してないから喋れない。

「ばぶぅ……ぐぅ」

「どうしたんだろう」

「お腹空いてるんじゃないか。昔、子守してる時にこんな顔してた」

ほほぅ、よくわかっているじゃないか。そうじゃ儂は空腹じゃ。さぁ小僧どもよ。儂にメシを用意するが良い。人生の大先輩として食べてやろう。

「ちょうど良かったわ」

「そうだな。これも神様がわかっていたのかもしれないな」

ん？　何を言ってるんじゃ。不思議に思っていたら娘っ子が上の服を脱ぎだしてしまったではないか。こんな所で何を考えていると思ったら娘っ子は大きな胸を露出し始めた。そこで儂は嫌な予感が脳内に浮かぶ。

「本当のお母さんのじゃないけどちゃんとおちちは出るからね」

「実子は亡くなっちまったけど、この子を助けられて良かったな」

待て待て！　この儂にそれを咥《くわ》えろというのか！　ふざけるな、儂を誰だと思っている。儂は二百年生きた孤高の老剣士。こんなことをされるために長生きをしたわけではないって、やめろ娘っ子！　そんなものを近づけるでない！

「さぁ……クロス、いい子だから。いっぱい飲みまちょうねぇ」

頭を押さえられ抵抗はできぬ。や、やめっ！　うぷっ。二百年生きた儂が今更に授乳させられるなんて思いも寄らなかった。

屈辱。まさに屈辱だった。嫌がる儂に無理やり乳を飲ませたこの若夫婦。絶対に許さんぞ。儂を怒らせて無事で済むと思わないことじゃ。

まぁいい。こんな突拍子もない現象で体が縮んでしまったんじゃ。きっとすぐに元の体に戻ってこんな小童どもからおさらばするんじゃ。

「クロス、今日から一緒に住むサザンナ村だぞ〜」

小童と小娘に交互に抱かれて山を下りた先にある小さな村。五十年ぶりにこの山に来たが以前は村などなかったはずだ。この山は強力な魔獣が住んでいる。普通ならただの村人が住めるはずもない環境下じゃが。

小娘が儂を持ち上げる。赤子ゆえに為《な》す術《すべ》もなく動かされるのが不愉快でたまらん。

「お母さんとお父さんがあなたを立派な大人に育てるからね」

もう立派どころか老いぼれてしまったんじゃが……。しかしこの小娘、拾った子だというのにこの熱情、儂には理解できんな。じゃが……。

「可愛い……。あなたは私の子供だからね」

少しだけ産みの母親のことを思い出してしまった。故郷と一緒にこの世から消えてしまった親兄弟。儂は親孝行を何もできなかったな。

まぁいいわ。今は捨てられんように大人しくするとしようか。どうせこんな体じゃ何もできないんだから。……大人しく、大人しく。そして十五年の月日が過ぎた。


「まさか普通に成長することになるとは」

結局赤子から元の体に戻れず、十五年の時が過ぎてしまった。

何もしなかったわけではない。動けるようになってから赤子になった場所へ行き、時空剣術を使って元に戻れるかも試してみた。じゃが、結局五十年に一回の魔力が降り注ぐ刻でなければ時間は進められそうになかった。

最初は戻れないことに絶望し自死も考えていたが、今は案外どうでも良くなってきている。

「クロス・エルフィドという名に慣れてしまったということじゃな」

もはや前、二百年の生き様は前世と呼んでいいのじゃろう。今更老体に戻る意味などないのだから。

「キエエエエエエエエーーッ！」

再びエストリア山の頂上で空を見ていた儂の視界を覆う、翼を持つ獣。

儂は二本の太刀を抜いてその獣に向けた。十五歳の体では愛用の大太刀は扱えない。筋力が足りてないゆえにあの時代の全ての剣技を再現できていない。しかしだからこそ戦い方というのは常日頃変わっていくものだ。今は若返り前から愛用している一振りの黒太刀と今の体に適した特殊な製法で作り上げた一振りの太刀を用意し使用している。

翼を持つ獣が儂を食いちぎろうと突進を繰り出す。儂は地面を強く蹴って跳躍し、その攻撃を避けた。

強力な魔獣が多く住むエストリア山。魔力が満ちる日ではなかったとしても魔力が生む霊山であることには変わりない。その恩恵を受けるために人間だけではなく、多くの魔獣もまた根《ね》城《じろ》にしていた。もし儂が本当に十五歳だったらこの獣に屈してしまっただろう。

だが儂は二百にプラス十五年生きてきた二回目の十五歳。そうなると全然状況は違ってくる。二百年以上かけて極めた経験は魂に刻み込まれるため、たとえ幼くなったとしても技が衰えることなどない。衰えなんてものは鍛練が足りないから起こるもの。二、三十年程度の修練でモノにしたと思うなかれ。何事も最低百年は鍛えるものじゃ。

腰に携えた二本の太刀を抜き、翼獣を見据える。素早い動きで突っ込んでくる翼獣の攻撃を二本の刀で受け止める。当たり前じゃが人間の体でこの突進を受け止めたら骨折は免《まぬか》れない。

しかし二百年の経験を持つ儂ならばその衝撃の方向すら制御する技術を持つ。儂はその突撃の衝撃を翼獣に跳ね返した。

「ゴバァ！」

剛撃系の魔獣は案外、自分の力の強さに耐えられないものよ。儂が力を加える必要なんてない。のけぞった翼獣の首を狙うために飛び上がる。この程度の相手、時空剣技を使うまでもない。

「散れ」

二本の太刀を振るい、翼獣の首を両断した。

「……？」

身体の頑丈さに自信があったのじゃろうな。翼獣はまだ首を斬られたと思っていないようだ。どんなものでも適切な方向に力を加えれば斬ることができる。それを理解するには最低八十年は鍛練が必要じゃがな。

素早く魔獣を解体し必要な部位だけ持って帰ることにする。山暮らしゆえに魔獣の肉や皮は食料や収入源の一つとなるのだ。儂は山を下り、サザンナ村へと戻ることにした。

「クロス！」

村に戻ってきた儂を出迎えてくれたのはクロス・エルフィドという新たな名を授けた二人の若夫婦。出会った時に比べたら少し老いたがそれでも前世の儂からすればまだまだ小僧と小娘にすぎぬ。だが。

「父上、母上、ただいま帰った」

儂はこの十五年で二人を父、母と呼べるまでになっていた。父上に狩りの成果を渡す。

「つたく出発の日の朝まで働いてんじゃないぞ。エレナなんて寂しくてずっと泣いてるんだからな」

「だってぇ。成人したらみんな、親元を離れるのはわかってたけど……まだまだ先だと思ってたもの」

儂は十五歳になり成人を迎えた。この世は十五歳になったら成人となり大人の扱いとなる。ただ十五歳になれば自動的になるわけではない。村の外、大都会にある教会へ行って成人の式というものに参加しなくてはならない。そこで初めて人は成人として扱われるのだ。

それを受けなければ仕事もできないと言われている。儂が前世の十五歳の時はなかったシステムじゃ。時代は変わるのう。

ゆえに儂は成人の式に出るために村を出る。赤子となった儂に愛情を持って育ててくれた二人の若夫婦には感謝しかない。

「おまえはとんでもねー息子だったよ。生まれてすぐ立ち上がるわ。弁舌がうまいわ。二歳で魔獣まで倒すんだもんな」

発育は年相応じゃったが頭が冴えていたおかげでいろいろ動くことができた。自分でも聡《さと》い子供だったように思う。

若返ったことは結局誰にも話さなかった。話しても信じる奴はおらんと思ったからな。村での儂の評価は爺口調で話す度胸の据わった子供じゃった。口調は今更変えられんから仕方ない。それに儂より年下の小僧どもに謙《へりくだ》る気もない。

「そうね。でも子供たちにはいいお兄ちゃんだったし、あなたは優しい子よ」

母上にそう言われると照れくさくなる。前世では人嫌いで俗世から離れて生きてきた儂が若夫婦の愛に絆《ほだ》されてしまった。ゆえに儂は今世では前世でできなかった人助けをやっていきたいと思っている。具体的なことは考えておらんが、村を出る理由付けにはなった。

「たまには帰ってこいよ。おまえの故郷は、ここなんだから」

前世の故郷はすでに滅び、儂の故郷はこのサザンナ村となっている。今度こそ故郷は守っていきたい。

「お母さんもお父さんもあの子たちもあなたの帰りをいつでも待ってるから」

「でもこんな朝早くじゃなくても良かったんじゃないか。あの子たちもおまえの出発を見送りたいだろ」

あの子たちとはこの村での宝である子供たちのことだ。一人は儂の幼馴染と呼べる一つ年下の女の子。もう一人は儂と違い正真正銘《しょうしんしょうめい》の父上と母上の子。つまり義理の妹である。この村で唯一の子供である儂を含む三人はとても仲が良かった。兄……というか年齢的に祖父な儂は二人の妹分を溺愛してしまった。ある意味それが良くなかったのかもしれぬ。

「最近二人の儂を見る目がちょっとな……」

「あ」

父上と母上は目を逸らした。

「そんなわけで儂は二人が目覚める前に出ることにする。いずれ時が解決してくれるじゃろう」

「そ、そうだな。後のことは俺とエレナに任せておけ」

妹分たちとのお話はまた別の機会に……ということにしておこう。妹分が騒ぎ出すと長くなって、いつまで経っても旅立てなくなってしまうからな。

最後に母上が近づいてきた。

「クロス、行ってらっしゃい。私たちの大事な息子。元気でね」

「ああ、母上も父上も壮健にな」

父上と母上に別れを告げ、儂はエストリア山を下山することになった。

若返って十五年。エストリア山から出たことはほとんどなかったため、こうやって街道を歩くことも久しい。前世二百年では世界中旅をしていたから懐かしいな。

「さて、進むとしようか」

【一章】

山を下りて一歩、二歩地面を踏みしめていく。目的地である都に向けてのんびり歩くことにした。

「この先の道は魔獣もほとんどいないし安心していいぜ」

「うむ、情報を感謝する」

道行く旅人とすれ違う度に声をかけられる。儂が十五歳の体をしているからだろうか。二百歳の前世の時はすれ違っても怖がられてしまったからな。当時は人を寄せ付けない風貌で大太刀も背負っておった。今は十五歳の優男の顔。この対応は当然と言えよう。

旅人と声をかけ合うのは悪くない。成人の式に出ると言ったら餞別《せんべつ》の品までもらってしまった。人の優しさというものを改めて知ったような気がする。晴れた道のりはゆったりとした風が気持ちよい。このスピードならば日が暮れるまでに成人の式が行われる都に着きそうだ。前世では王国中を歩き回ったので道はちゃんと覚えている。十五年程度で道は変わらぬな。そのときだった。

「……」

儂でなかったらおそらく気づかなかっただろう。違和感がする。二百年以上生きた儂だからわかる異質な雰囲気。なんの変哲もない森の中、ところがなぜか焦げた臭いがする。それだけではない。人の足音が風に伝って聞こえてくる。だがその足運びはまるで負傷して必死に動かしているかのようだ。前世の儂であればどうでもいいと切り捨てただろう。しかし……サザンナの村で十五年過ごした儂は今更ながら助け合いという言葉を知った。

ならば行くしかあるまい。駆け出し森の中を進んでいく。通りがかる魔獣どもが目を回すほどの速度を出し、森の中を駆けていく。自慢となるが人生の中で百年近くは森の中で暮らしていたのでな。森の中での動き方は熟知しておる。

「むむ」

やはり杞憂《きゆう》ではなかった。進むにつれて強き獣の気配を感じる。この森は確か百年前に火龍が生息しておったな。その魔獣が火を吐き、暴れたせいで森は燃えてなくなってしまったが長い年月を経て再び緑を取り戻したのか。その話を知る者はほとんどおらんじゃろうが。

「もう少しか」

ポスンと人が倒れる音を感じた。若返ったおかげで二百年かけて習得した気配察知の力が若さを得てより強く増したように思う。今であれば千里と言わんが百里くらいの気配を視ることができそうじゃ。そして読み通り、傷だらけの鎧に身を包んだ騎士が倒れ込んでいた。儂が最初に感知したのはこやつじゃろう。

「おい、しっかりするんじゃ」

「う……あ……」

ひどいやけどに魔獣の爪傷まである。大型な魔獣に襲われたということか。息はあるがこのまま放置したら命はない。

「儂がおって良かったのう」

儂は腰に下げた小さな鞄《かばん》から丸薬袋を取り出した。

「儂が作った仙薬じゃ。飲むがいい」

「ごくっ。ん？　ああがががっ！」

騎士の体がびくんと震え、奇声を上げる。仙薬とは儂が作りあげた治療目的の丸薬じゃ。体内の治癒力を活性化させて全身の傷を治してしまう。死ぬほどの傷でも治癒する。言わば蘇生薬でもある。

ただ負荷も強く、傷を全快させるかわりに心臓が張り裂けそうなほどの痛みを発する。ま、死ぬよりはマシじゃろう。

儂は剣術だけでなく薬術にも心得がある。寿命百年の世界で二百年生きることができたのはこの薬術によるところが大きい。剣を磨き強くなるためには体を知る必要があり、それが薬の研究へと繋がった。前世で齢《よわい》七十の頃に半不老の薬を作り上げたことで儂は二百歳まで生きることができた。今の言い方だとアンチエイジングというやつじゃな。若者言葉を使いこなす儂すごい。

エストリア山で採れた薬草は効能が非常に高い。それに儂の薬術を使って生み出した秘薬がこの仙薬じゃ。

「十人ほど奥におるな。いずれも半死状態か」

薬の効果で気絶した騎士を寝かせ、儂はさらに奥へと進む。予想通り、傷だらけの騎士たちが倒れていて、儂は全員に仙薬を飲ませた。

「うっ……」

「気がついたか。おぬしたちは何者じゃ。何があった」

比較的軽傷だった一人の騎士が目を覚ます。

「我々はフィラフィス王国騎士団の一員……」

この国の騎士団か。何かの任務だったのだろうか。

「この森に生息するレッドドラゴンを討伐するために派遣されたんだ」

騎士は思い出したように震えだした。

「だけどあれはレッドドラゴンじゃなかった！　もっと恐ろしいドラゴンだったんだ！」

事前情報と違い、返り討ちにあったということか。よくある話じゃよ。

「逃げ切れて良かったな。確か近くに村があったはずじゃ。儂が連れていってやる」

「だ、だめだ。奥にはひ、姫様がいるんだ！」

「姫じゃと？」

「【剣聖姫】が我々を逃がして奥に残ってるんだ」

危険な魔獣から全員逃げ切れたのはおかしいと思ったが殿《しんがり》を務める者がいたということか。

確かに強い獣の気配がするが、その場から動いておらん。その姫とやらが今でも残っておるのかもしれん。

「頼む！　あのお方を救い出してくれ。この国に必要なお方なんだ！」

騎士はがくりと倒れた。仙薬の効果で気を失ってしまったか。

「行かねばならんようだな」

前世二百年では人と関わらず、ただ己の研鑽《けんさん》に全てを費やした。ゆえに前世であればこの状況を放置したかもしれん。しかし今世では新しい父上と母上の愛を受けて育った。ならば儂も前世と違い、若者の助けになるために生きるべきだと思う。二百年で研鑽した力が万人を救えると信じて、それがもとで学んだ儂の生きる目的よ。

儂は姫とやらを助けるために駆けだした。進めば進むほど焦げ臭さを感じ、森が赤く燃え上がっている。放置してしまえばまたこの森は燃え尽きてしまうな。

「いた」

赤く燃える樹木の間、開けた場所に少女と魔獣が対峙しておる。長く伸びる銀髪と騎士鎧を着た少女が折れた騎士剣を地面に刺し、膝をついていた。後ろ姿から見て、すでに満身創痍。対する魔獣は傷を負っているが動きは全く衰えていない。あの赤トカゲ相手だと並の騎士では歯が立たないのもわかる。あの少女もよくあそこまで耐えたものだ。

赤トカゲがトドメを刺そうと少女に向けて突っ込んできた。少女はもう避けるほどの体力を残していないように思えた。儂は飛び出し、ギリギリのところで少女を抱え、その突撃を躱した。着地して大きく息を吸う。

「生きておるか！」

「……えっ！　ごほっ！」

少女は咳き込みながらも目を見開く。儂の姿を見て驚いた顔をした。長く伸びた銀の髪に非常に美麗な顔立ちの少女。今の儂と同い年くらいだろうか。

長年生き続け、大勢を見てきた儂にはわかる。その雰囲気、それはまさしくやんごとなき身分の姫君の姿だった。さきほどまで茫然自失《ぼうぜんじしつ》な状態だったが儂が助けたことで意識を取り戻す。

「あなた⁉　なんで……なんでこんなところに」

少女は大怪我をしているがまだ力は残っているようだ。しかしあの赤トカゲ。よく見るレッドドラゴンの種ではなさそうじゃ。図体がより大きく、鱗《うろこ》は鋼のようだ。気性も獰猛《どうもう》で非常に危険に思える。

「早く逃げてっ！　あのレッドドラゴンは特別個体のネームドなの！　とてつもない強さだわ！」

ネームド。聞いたことがあるな。強い人間が名を世界に知らしめるために二つ名を得るのと同じで、特定の魔獣の中でより大きく、強力な個体のことをネームドと呼ぶ。そしてそのネームドはそれ自体が種となり、名前も変わると言われている。

「あのレッドドラゴンの本当の名はクリムゾンドラゴン。王国でも討伐例が百年前に一体しかないと言われている危険な魔獣なの！」

赤トカゲ程度なら騎士たちだけで倒せるはずだったが、ネームドの特殊個体ゆえに戦線が崩壊したということか。まぁ準備なしでアレと戦うのは若造どもでは無理じゃろうな。

「私が時間を稼ぐから！　あなたはすぐに逃げて」

「ボロボロのおぬしに何ができる」

「ここで食い止めることはできる！　近くに騎士たちがいるはず。彼らを助けてあげてほしい」

「おぬしは逃げないのか」

「私が逃げたら騎士たちに追いつかれてしまう。あいつは人間の臭いを嗅ぎ取るの」

そうじゃな。そういう習性を奴らは持っている。

「私の名はシャルーン・エルラ・フェルステッド！　王国の騎士であり、第二王女！」

少女は強い意志を取り戻し、最後の力を振り絞って立ち上がる。自分から名乗ることで奮い立たせた。今、第二王女と名乗ったな。十五年山ごもりしておったから今のフィラフィス王国の王家は良く知らんが、まさか王女がこんな所にいるというのか。そういえば先々代の王家には剣聖と呼ばれた王女がいたと聞いたことがある。武に秀でた血筋なのかもしれん。

「その私が魔獣に背を向けるわけにはいかない！」

シャルーンはネームドの赤トカゲに向かっていく。折れた騎士剣を振るい、炎のブレスを避《よ》けていくが体力の限界なのか動きが悪い。魔獣の尾撃を避けられず吹き飛ばされてしまう。

「がはっ」

「やめておけ、これ以上は死ぬぞ」

「たとえそうでも！」

ボロボロなのに気品を感じる高潔な精神。軽度なやけどを負いながらもその美しさは損なわれておらぬ。王女など城の中で美しく着飾ってるだけだと思っていた。二百年生きて今もそう思っているのにこの少女の姿はどうだ。ボロボロなのにとても美しい。前世で儂がこの子と同い年くらいの時はどうだった？　語るまでもない。

「私がこいつを倒すんだぁぁあ！」

剣聖姫と呼ばれておったか。その二つ名にふさわしい生き様だ。……そのような高潔な精神を持つ若者をこんな所で死なせるわけにはいかない。儂の二回目の人生は彼女のような先のある若者を支えるべきではないか。儂の時を戻し、若返らせた世界の意志をそう解釈してもいいのかもしれんな。儂はシャルーンのそばに寄る。

「せめて体力を回復するんじゃ」

「無理よ……。回復術師はいないし、回復ポーションは切れた」

「ならばこれを飲めい」

儂は仙薬を取り出して、シャルーンに渡そうとする。

「そんな怪しげな薬いらない！」

興奮状態のせいか仙薬の効果を信じていないようだった。怪我の具合も良くない。仙薬を飲まさねば綺麗な肌に傷が残ってしまう。儂がそばにいるのに治療を拒むなど見過ごせるわけがない。ならば仕方ない。

「こっちを向けぃ」

「へ」

儂は仙薬を口に含み、シャルーンの肩に手をやり思いっきり引っ張った。

「何をするのっ！　えっ……むぐっ！」

そのまま唇を少女の唇にくっつけ、こじあける。飲まぬなら強制的に口に含ませるしかない。

儂は口移しで仙薬をシャルーンに投与した。

「むごっ、むむっ……はぅ」

シャルーンは暴れていたがやがて受け入れたように力を抜いた。ようやく静かになったか。

投与完了。唇を離してやる。シャルーンはぺたんとへたりこんでしまった。

「抵抗するでないわ」

「な、な、何をするのっ！　よ、よりによって唇を」

「人工呼吸と同じじゃよ。救助行為以外の何ものでもない」

顔を真っ赤にして怒るシャルーン。恥ずかしそうにしながらもきっと睨みつけてくる。じゃが、その勢いは失い、ゆらりとめまいがしたように倒れてしまう。

「あ、あれ……体が」

仙薬が効いたのか体が治癒され始めたようだ。体力を治療に使うために一次的に動けなくなる。その間に赤トカゲがのっしりと近づいてきた。

「に、逃げて。クリムゾンドラゴンには絶対に勝てない」

「フン、所詮は赤トカゲよ。過去に討伐に成功したんじゃろう？」

「百年も前の話よ！　文献に残ってたクリムゾンドラゴンを倒したとされる大太刀を持った老剣士はもう存在しない！」

ふむ、確かにいないな。十五年前にその男は死んだと言ってもいい。だが儂は覚えておるよ。

百年前、さらに燃え広がった地獄のような光景でこの赤トカゲの同種と対峙した。儂は腰に備えた三本の刀の内、二本の太刀を抜く。赤トカゲが大きな咆吼を放ち、口を大きく上げる。

「があああああっっ！」

「ブレスが来る！　逃げてっ！」

「必要ない。一度勝った相手に負けると思うか？　時空剣術……」

二本の太刀を交差させて剣を振る。

「……ガッ？」

「え」

赤トカゲもシャルーンも呆然《ぼうぜん》とした顔をしておった。

「――【早送り《スキップ》】」

時空剣術【早送り】は相手の行動を飛ばして斬り刻む剣術だ。相手が何をしようが問答無用で行動をキャンセルさせ、儂の斬撃で上書きしてしまう。赤トカゲは火を吐いたと思い込んでいたようだが、そんなものはスキップだ。

「ががぎゃっ！」

遅れて刻み込まれる剣傷。赤トカゲは大きく悲鳴を上げる。やはり赤トカゲはこの程度か。

二百年の時を生き、時空を裂くまで剣技を極めた儂ほどではないわ。

「う、うそ……」

「があああああっ！」

怒り狂う赤トカゲの尾撃を正面から受け止め、その勢いを反転させて相手にダメージを与える。そのまま返す刀でトカゲの尻尾を斬り落とす。さらに飛ばしてくる赤トカゲの爪撃をバックステップで躱し二本の太刀を振るい、胴体に傷を与える。

「あんなに堅い鱗なのになんで斬れるの？」

儂の太刀は儂が扱うために自分で作製した物。そこらの鍛冶師が作った物と同じと思うな。

儂の時空剣技に耐えうる刀じゃ。赤トカゲの鱗など造作もないわ。

「ヒュオオオオオオッ！」

赤トカゲが後方に退き、奴を取り囲む魔法陣が表れる。詠唱しておるのか。

「そいつは魔法を使うの！　それで私たちの騎士は全滅した！」

風属性の極大魔法、ウインドブレイドが出現し、その百本に近い風の刃が儂とその後ろにいるシャルーンを狙う。儂が躱せばシャルーンは切り刻まれて絶命してしまうだろう。避けることは許されない。ならば……、儂は二本の太刀を構えた。

「無理よ！　精霊の力を持つ魔法には絶対に触れられない！」

「浅いな」

「え？」

「この世に触れられぬものなどない。ただ当てる技量が足りんだけだ」

精霊魔法だろうが霊体だろうが、儂にとって斬れぬものは存在しない。時空すら斬ることもができるんだ。当たり前じゃろう？　できないなんて言葉は鍛錬が足りてないことの証。

「長く生きて鍛錬せよ！　さすれば全てを斬ることができる」

儂は向かってきたウインドブレイドを全て叩き斬って消し飛ばしていく。大したことのない弱魔法じゃ。エストリアで村を荒らそうとしていた魔獣のほうが手強かったぞ。

せっかくじゃ。その魔力を奪わせてもらおう。儂には魔法を使う才能はない。しかし奪った魔力を纏《まと》わせることはできる。

儂は斬り捨てたウインドブレイドの魔力を奪い、風属性の力を刀に沿わせる。そのまま二対の風刃《ふうじん》として赤トカゲに返し、その赤き翼を切り刻む。

「があああああっ！」

「す、すごい……。なんて流れるような動きなの。……綺麗」

赤トカゲの体は無惨にも切り刻まれ、倒れ込む。儂は瀕死《ひんし》状態の赤トカゲの上に飛び乗った。

このまま首を刎《は》ねれば終わりじゃが……。

――私がこいつを倒すんだぁぁぁ！――

シャルーンはそんなこと言っていた。

「未来のある若者にこそ実績を与えるべきじゃ」

シャルーンの折れた騎士剣を見る。あの斬れ味では赤トカゲを倒すことはできぬ。ならばと儂は腰に備えた最後の一本、小太刀を掴んだ。

「シャルーン、これでトドメを刺すといい」

「へ？」

シャルーンのそばに小太刀を投げ渡す。仙薬で体力が回復したシャルーンは立ち上がり、それを掴んで鞘を抜く。

「なにこれ……すごく手に馴染む。刀なんて触ったこともないのに」

「小太刀、自由自在と名付けた」

小太刀は儂の予備の武器として前世で作製した物じゃ。儂しか使えない癖のある太刀と違って誰でも扱えるように打ってある。シャルーンでも扱えるはずじゃ。

「剣聖姫シャルーン。おぬしの言葉に偽りがないのであればやれるな」

シャルーンの目に光が灯り、大きく息を吸う。

「ええ！」

シャルーンは小太刀を両手で掴んで突き進んだ。仙薬のおかげで体力は十分に回復しておる。荒削りだが年の割には才能を感じさせる動きだ。儂が本当の十五歳だった頃とは大きく違う。彼女は……さらに強くなる。

「てやあああああっ！」

シャルーンは大きく飛び上がり、落下の勢いとともに赤トカゲの首に強力な一撃を与える。

儂が作った小太刀の斬れ味は伝説級。こんな赤トカゲの首くらいあっという間に両断することができる。

「終わりよぁぁぁっ！」

シャルーンの渾身の一振りで赤トカゲの首は飛び、敵は完全に絶命した。

「見事な一撃だ」

「はぁ……はぁ……」

儂の刀を使ったとはいえたった一撃で首を刎《は》ねることができるとは。シャルーンは年の割に才能に秀でているな。高潔な精神を持ち、実力のある若者がいることはいいことだ。

「……。はっ！　火を消さなきゃ」

今もメラメラと炎が森を燃やし広がっている。ここで消火をせねば前の時と同じで大きな被害が広がるだろう。前の時はすでに森が燃えきってしまった後だった。

「シャルーン、おぬし水魔法は使えるか？」

「うん。でもこの火を消すほどの力はないわ」

熟練の魔術師でもなければ難しいじゃろう。

「儂に向かって水魔法を放て。できる限り全力でな」

「あなた……何をする気なの」

「はよせんか。燃え広がって森を救えなくなるぞ」

「う、うん！」

シャルーンは大きく息を吸って、両手を翳《かざ》す。魔法を唱える詠唱を行い、巨大な水球が空中に出現した。直径数メートルほどの水球。魔力量も見事なもんじゃ。

「ほう……。おぬし魔術師としてもやっていけるのではないか」

剣の才能に秀でていて、魔法も使える。儂にはない才能か。羨ましいものじゃな。

儂は飛び上がり、二本の刀を再び抜く。その刀を水球に突き刺し、体を横回転して出現させた水刃《すいじん》を周囲に飛ばした。水刃を光速に全域に飛ばすことによって炎を全て吹き飛ばすことができる。炎が完全に消え失せるまで儂は刀を振るい森を脅かす火災を鎮めた。

「全部消えちゃった……」

「おぬしの魔力量のおかげじゃな」

「で、でも刃を飛ばしたのに……どこも斬れてないじゃない」

儂の飛ばした水刃は木々を斬ることなく、炎のみを斬り裂き消火したのだ。

「炎だけを斬ることは簡単なことじゃ」

「……そんなことできるわけ、いえ、それを目の前で見てしまったものね」

もしシャルーンが水魔法を使えなければ大気中の水分を利用して水刃を発生するつもりだった。それだと時間がかかってしまうので魔法を使えたのはラッキーであった。儂に魔法を放つ才能はないが、二百年の研鑽で魔法みたいなことはできるようになっている。

「私の知っている剣術の常識が覆りそうだわ」

「ふむ、誰でもできることじゃよ。儂ができるんじゃからな」

これは誇張でもなんでもない。二百年剣術を学べば誰だって行うことができる。

シャルーンは儂を見ていた。戦いの余波か、風が彼女の銀髪を揺らす。

「あなたは何者なの」

「どこにでもいる村人じゃよ。通りかかっただけだ」

「村人がクリムゾンドラゴンを倒せるわけないでしょ！」

「何を言っておる。倒したのはおぬしじゃろ」

「……何を言って」

トドメの一撃は間違いなくこのシャルーンが与えた。儂は多少手助けしたにすぎん。未来のある若者の手助けをすることができたんじゃ。満足と言えるだろう。

「あなた名前は？　歳はいくつ？」

「儂はクロス。クロス・エルフィド。成人前の十五歳じゃよ」

「私と同い年!?」

「なんじゃ、おぬしも十五歳か」

そんなに驚かれることもあるまい。シャルーンが近い歳であることはわかっていた。基本的に二十歳以下は幼児にしか見えてないからな。

「あれだけの強さを持つ人が同い年だったなんて……」

「おぬしも十分強いと思うがな」

「私がどういう存在か知って言ってるの？」

「知らぬ」

「一応王国最強って言われてるんだけどね。でもあなたは私より断然に強いし、自信がなくなりそうだわ」

シャルーンはため息をついた。

「そんなことより体は大丈夫か。仙薬は効果があったと思うが」

「うん、すごい薬だわ。もう動けるもの。あなたが私の口の中に……あっ」

何かを思い出したのかシャルーンは顔を紅く唇を押さえてへたりこんでしまった。そしてきりっと睨んでくる。

「は、初めてだったのに……！」

「初めて？」

「私にキスしたことよ！　は、初めては好きな人で……私よりも強い人って決めっ、あれ？クロスは私よりも強い……」

「何を言ってるかわからんが無事なら行くぞ。儂はこの先の水都で成人の式に出ねばならんからな」

「待って……。あ……」

走りだそうとした儂に対し、シャルーンは立ち上がれず前屈みで座り込んでしまう。さっきまで威勢が良かったのに急に表情が強張り始めてしまった。足が震えておるのか？　シャルーンが振り返って自分の足を見ると、やがて全身が震え始めた。

「あれ……なんで」

「戦いが終わって緊張の糸が切れたのかもしれんな」

そのままシャルーンの瞳から涙が流れ始める。仙薬のおかげで傷は回復しているはずだが精神的なダメージの回復はできない。そうか。十五歳の幼子《おさなご》が死に瀕した状況から脱したんじゃ。こうなるのも当然か。

「私、死んじゃうかと思った。あなたがいなければ……私。ひっく……ひっく」

「……」

「ひっく……逃げるわけにはいかなかったの。私はみんなから期待されてここに来たのだから」

「うん」

「でも怖かった。クリムゾンドラゴンと対峙してすっごく怖かったの。ああああああぁぁぁん！」

十五歳など本当に幼子じゃ。それなのにネームドの赤トカゲと対峙して殿《しんがり》を務めて騎士たちを逃がすなんて並の子ができるはずがない。儂が前世の十五歳だった時に同じことできたと思うか？　できるはずがない。きっと頭を抱えて恐怖に震え何もできなかったことだろう。儂は泣き叫ぶシャルーンを両手で抱きしめた。

「あ……」

自然とシャルーンの美しい銀の髪を撫でていた。

「シャルーン、おぬしはとても立派じゃったよ」

「……クロス」

「よく頑張ったな。騎士たちもその家族も魔獣に脅かされた人たちも、おぬしのおかげで喜んでおるよ」

「……もっとぎゅっとして」

「ああ、儂で良ければおぬしを支えよう」

「えへへ」

シャルーンは嬉しそうに表情を綻ばせる。落ち着いてくれたようだ。そしてそのまま目が虚ろになってきた。

「急に……眠く」

「疲れがどっと来たのじゃろう。今はゆっくり休むといい」

ゆっくりと寝息を立ててしまうことになる。可愛らしく寝ておるなぁ。やはり子供は可愛らしい。孫を持ちたい気持ちが今更になってわかるもんじゃ。うーむ、シャルーンが歩けるなら任せるつもりじゃったが、眠ってしまったシャルーンや先で倒れている騎士を放置できん。儂が運ぶしかあるまいな。

「今日、都へ行くのは諦めるか」

成人の式は明日行われる。今日中に都へ行っておきたかったがやむを得ん。確か近くに村があったはずだ。儂はシャルーンを背負って村へ向かって走ることにした。

村に到着した儂を村民たちは驚き出迎えてくれる。予想通りシャルーンたちはその村を拠点にしてこの赤トカゲ討伐任務を行っていたようだ。あの場所から一番近い村だから当然か。

村人の話だと百年ぶりに現れたあの赤トカゲの存在がかなり脅威だったらしく、王国騎士団に依頼したらしい。それでシャルーンたちがここに来たということか。

討伐したことを話すと村人たちは安心したように喜んでいた。もちろん討伐したのはシャルーンなので、儂はたまたま通りかかって疲弊した騎士たちを手助けしたことにしている。ちゃんと討伐者が名誉を受けなければならんからな。儂が倒したと勘違いされては困る。負傷した騎士を運びこみ、日が暮れてしまったので儂も村の宿屋で就寝、そして翌朝。

「成人の式は昼前じゃったか。急げばギリギリ間に合うじゃろう」

「待って！」

宿屋を出ようとした儂に寝間着姿のシャルーンが追いかけてきた。まる半日眠っていたようでまだ少し疲れが残っているのか動きがおぼつかない。

「仙薬で傷は治っても疲れは抜けぬ。もう少し休んだほうがいいぞ」

「うん。で、でもあなたにお礼を言いたくて！　騎士たちも全員無事と聞いたわ。本当に良かった」

「ああ、村の者たちがしっかり介抱したおかげじゃな」

「クロスもその……あなたがこの村まで運んでくれたんでしょ。その……助けてくれてありがとう」

ありがとう、か。前世ではほとんど言われたことのない言葉だ。正直、礼を言われるほど大したことはしていない。しかし御礼の言葉を言われるのは単純に嬉しい。若者の手助けになったのであれば若返ったことに価値があろう。

「儂は先へ行く。成人の式に出るために急がねばならんのでな」

「成人の式……。もしかしてこの先の水都ガロールに行くの？」

「うむ」

「あ、あのね」

シャルーンはなんだか熱っぽい目で儂を見ておった。長く伸びた銀髪をくるくると指で巻いている。早く行きたいんじゃが。

「じゃ、儂は行くぞ」

「ま、待って！　クロスは私にあんなことしたわけだし……その」

あんなこと？　何を言っている。全く回りくどいことを言いよって。

「良くわからんがまたしてほしいのか？」

「ふぇっ！　いきなりそんな強引っ！　でも私は強引なほうが……イイ」

何がいいのだろうか。ええい、もう時間がない。

「何か用件があるなら体を休めて都のほうへ来るといい。また出会えたら願いを聞いてやろう」

「うん！　会いにいく。絶対会いにいくから。そのときは……」

長引きそうなのでシャルーンに手を振り、僕は都に向かって走ることにした。

「クロス！　もう行っちゃった。でも強くて格好いい人だったな。……また会いたい」


【シャルーン視点】


私、シャルーン・エルラ・フェルステッドはフィラフィス王国第二王女として生を受けた。王家由来で王族全員が受け継いでいる美しい銀髪に絶世の美貌は当然として、私はもう一つ違う特徴を持っていた。それは剣の才能である。

五歳の頃にはすでに目を見張る活躍を見せ、十歳になる頃には大人にも勝てるようになった。なぜ王家の姫がこれだけ強いのか。普通だったら疑われてもおかしくないはずなのに、誰も私の強さを疑うことはなかった。

それは私の祖父。先代国王の妹、大叔母様が剣聖として世界中に名を残していたからだ。剣聖フェルーラ。それが私の尊敬する大叔母様の名前だ。私はフェルーラ大叔母様に師事し、メキメキ実力を伸ばしていた。一応姫としてのお役目もこなしてはいたけど、どっちかというと剣を使うほうが好きだったかな。大叔母様の推薦もあって特例で王国騎士団に入隊。騎士団と一緒に王国各地をまわって魔獣の討伐を進めた。視察という意味で公務になったかもしれないけど。

幼い頃から高位ランクの魔獣を相手に修業をしていた私は、十五歳になる頃には王国最強の一人として呼ばれるようになっていた。王国の騎士団長ですらその頃には私に敵わなくなっていたのだ。正直天狗になっていたのは間違いない。

「はぁ……弱い男ばかりで退屈です」

「だめよシャルーン。あなたは王国最強の一人かもしれないけど、王女である以上殿方を立てないといけないのだから」

私は王女である以上、いつかは男性と結婚をしなければならない。それが王家の役目とも言える。

「大叔母様。私、弱い男と結婚したくないです。結婚するなら私より強い男じゃなきゃ嫌です」

「あらあら」

教えを受けている時はとても厳しいけど、普段は優しい大叔母様が大好きだった。母様や姉妹兄弟よりも一緒にいる時間が長かったと思う。

「大叔母様も私くらいの時にはすでに剣聖って呼ばれていたんですよね。やっぱり男なんて弱いって思ってたんですか？」

「そんなことはないわ。王国では最強だったかもしれない。でも世界にはもっと強い人がいるのよ」

「えー、嘘ですよ！」

大叔母様は年齢相応に最前線から退いているけど、その熟練の技術は私でも敵わない時がある。もし大叔母様が本気を出したら私は勝てるだろうか。

「今でも覚えてるわ。私が魔獣討伐のクエストに出向いた時のこと。もう五十年近く前の話ね」

「うんうん」

「魔獣の集団に襲われた私はしくじって囲まれてしまってね。正直死を覚悟したわ」

どんな強者も集団戦を対処するのは難しい。私だって一対一なら負けることはそうそうないと思うけど、騎士団全員に囲まれてしまって相手しろと言われたら、たとえ力量差があっても無理だ。

「そんな時に強い人が現れたってことですよね」

「ええ、その通りよ。私が倒すのに苦戦していた魔獣たちを大太刀であっという間に斬り伏せてしまったの」

「大叔母様が苦戦する魔獣を……」

「S級魔獣十体に囲まれていたのに……それをあの御方は難なく倒してしまった」

「ウソ、ありえないです」

大叔母様の話が嘘でなければそれはとんでもない力量ってことになる。S級魔獣はS級位の実力を持つ冒険者がパーティを組んで挑むことを前提にした難易度として設定されている。

私も相手が一体なら倒せるけど、複数体は無理だ。当時史上最強と呼ばれた大叔母様を凌駕《りょうが》する男がいるなんて。

「あの太刀さばきは今でも覚えているわ。……心惹かれてしまったわ」

大叔母様がうっとりした目になる。

「もしかして恋をしちゃったんですか！　あ、大叔母様が独身なのって……。それで、その人とはどうなったんです！」

「それっきりよ。それにもう生きてないわ。私と会った時すでに今の私よりも年上だったから」

「えー！　お爺ちゃんじゃないですか！」

「それでも素敵だったわ。まるで百年以上も鍛練に費やし熟練し、まるで時が巡ったかのような剣術」

「へぇ……」

「御礼を言った時も『鍛練に励むがいい』と一言。クールなところもたまらなかったわ」

百年って。人間は長くても百歳ぐらいまでしか生きられない。二十代だった大叔母が恋心を抱いてしまうような老練された剣術。是非とも見てみたかったなぁ。

「それよりシャルーン。来週、魔獣討伐に行くのよね」

「はい。辺境の森の方でレッドドラゴンが現れたらしくて……。討伐に志願したんです。十五歳で成人となった私にふさわしいS級魔獣討伐クエストですから」

「あなたは強いわ。でもこの世にはもっと強い魔獣がたくさんいる。無理はしないでね」

「もちろんです！」

そう大叔母様に言ったはずだった。でも現実はそううまくはいかなかった。レッドドラゴンの討伐例は過去にも報告されており、十分に準備をしていたはずだったけど、私と対面したレッドドラゴンはネームドモンスターであり、クリムゾンドラゴンという上位種だった。

クリムゾンドラゴンはさらに上位のＳＳ級魔獣に認定されており、高位冒険者が大勢いて、多大な犠牲を払ってようやく倒せるクラスである。今回はＳ級魔獣対策しかしていない。私以外の兵士は補助系の魔法に秀でた者ばかりで、とてもクリムゾンドラゴンを倒せるほどの戦力ではなかったのだ。

すでにクリムゾンドラゴンに睨まれ逃げられない状況。私は必死で騎士剣を振るい、みんなを逃がすことに成功した。私は十二分に力を引き出したと思う。たぶん今までで一番強い私になれた……。でも届かなかった。だから私は今日……死ぬ。

そんな時に彼は現れた。

「――――【早送り《スキップ》】」

あの刀による剣技は本当にすごかった。大叔母様が言っていた、時を巡るような剣術と言えばああいうものを指すんじゃないかと思うほどだ。あの綺麗で極められた剣術に心を奪われ、冷静で優しげな彼の姿に心惹かれた。一目惚れってこういうことを指すんだと思うほどに。

穏やかな顔立ちなのに言葉遣いは古風で同い年とはとても思えない落ち着き方。そして泣きじゃくった私を励ましてくれて……キッスまで。前後関係なんか記憶がおかしい気もするけど、なんでもいい。

「もうあの人のお嫁さんになるしかない！」

元々好きになるなら私より強い人って決めてたし、ちょうどいい。確か成人の式に出るために水都ガロールにいるはず。クロスがその後どこに行くかは知らない。会わなきゃ。会って……彼と親密な関係にならないと。

「王女様！」

私に付き添ってくれた騎士たちが部屋にやってくる。彼らがみんな無事なのはクロスがあのとんでもない効果を持つ薬をくれたからに他ならない。でもみんな、意識が朦朧《もうろう》としていたのかクロスのことを覚えていなかった。村の人たちもクロスのやり遂げたことを知らなかったみたいだし、わざと成果を隠したようにも見える。それも確認しなきゃね。

「準備が整いましたので王都へと戻りましょう！　国王陛下に姫様が紅蓮龍《ぐれんりゅう》を倒したことをご報告いたします」

確かに私がトドメを刺したんだけど、ほとんどはクロスがやったから成果を横取りしたみたいで複雑だ。でも王女を差し置いて身元不明な彼が魔獣を倒したと公表することもリスクが伴う。今、王国は多数の問題で揺れているからだ。まぁ彼が私の特別な人になればすむんだけど。

「ふふふ」

「王女様、どうかなさいましたか？」

いけない。口に出てしまっていたみたい。

「みんなは先に王都へ戻っていて。私は水都へ行くわ」

私の言葉に騎士たちがざわつく。

「な、なぜ……。水都に何かあるのですか？」

その問いの答えは一つしかない。

「あるわ。私を夢中にしてしまったものがね」

早く会いにいこう。クロス・エルフィド。絶対に逃がさないんだから。

【二章】

「……ほほぅ」

成人の式が行われるのはフィラフィス王国の中でも大都市しかない。ここ水都ガロールもまたその内の一つである。

「七十年前はこんなに栄えておらんかったのにな……」

初めてこの街に立ち寄った時は草だらけの小さな村だったのに、長年の時を経て大都市へと変貌していた。理由はやはり海に繋がる大運河、ネセス川がそばにあるからじゃろう。ここが水都と呼ばれる所以《ゆえん》ともいえる。

この都の発達したところはそれだけではない。水が豊富にあるということは作物もよく作られているということだ。ここは農業都市としても有名でエストリア山から一番近い大都市だったため、ここ産の作物がよく行商人に運ばれておったわ。

「見てよ、あれ……」

「うわぁ、田舎もんじゃん」

都の入り口でキョロキョロしていると着飾った小僧どもに陰口をたたかれていることに気づく。田舎者であるのは間違いないし、村で着ていたつぎはぎだらけのものをそのまま着ているせいか。村の新成人代表として来ているのだし、もうちょっと身なりを考えるべきだったかもしれん。昨日にたどり着いておれば服を買っても良かったが今更か。

随分とこの街は景気が良さそうだ。小僧どもも綺麗な服を着ているし、時代を感じる。前世の老体なら人の多さに嫌気がさしてすぐにでも立ち去ってしまっただろうな。

「急げ急げ、式が始まっちまう！」

「神託は遅いほど悪い結果になるってジンクスがあるもんな！」

儂と同じように他の街から式に参加しようとやってきた小僧が見られた。しかし神託とはなんだろうか。父上たちに成人の式について深く聞いておくべきだったか。

「うぅ……」

その時、呻《うめ》き声がして、遠くでゆったり歩いてる若造がへたりこんだ。おそらく急病なのか大きく息を切らしていた。誰か助けるかと思ったが皆、気にせず教会の方へ向かっていく。全く最近の若い者は……。ふむ、今の儂も若い者じゃったな。

通路を歩く小僧どもをかき分けて、座り込んでしまった若造のそばへと寄る。四十歳くらいか。儂からすればやはり若造じゃな。声をかけるか。

「大丈夫ですか！」

その声は儂ではなかった。近づく儂の前に立ち塞がった少女が座り込んだ男性に呼びかけていた。湖のように美しい水色の髪は肩先まで伸びており見た目はかなり年若い。小柄な少女はテキパキと脈を測ったり、呼吸の速さなどを調べている。

「そこにベンチがあります。処置するのでそこへ行きましょう」

少女が若造を担ごうとするが、小柄ゆえに恰幅《かっぷく》のいい若造をなかなか持ち上げられない。

「手伝おう」

儂が恰幅のいい若造を支え上げる。

「ありがとうございます！」

まだ小さいのにしっかりしておる。しっかりした子供を見ると微笑ましく感じるのう。そしてその幼子は背丈は小さいが、胸の部分がとても膨らんでいることに気づく。年下に見えたがもしや儂と同い年くらいかもしれんな。シャルーンも少女じゃったが発育は大人顔負けじゃったし、最近の子は栄養が取れておるのだろう。儂にすればどれだけ発育が良かろうが子供は子供でしかないが。

若造をベンチに座らせて、楽な体勢にさせる。この青い顔、発汗……。そして腫れ上がった腕。これは間違いなさそうだ。

「ジング蜂の毒ですね」

少女はすぐさま当てて見せた。

「あ、ああ……草原を歩いてる時に蜂に刺されて、何もなかったから放置してたんだ」

「ジング蜂の毒は後から来るので、すぐに薬師《やくし》にかからなきゃだめです」

どうやら決まりのようじゃ。ジング蜂に刺されることはよくある話だ。

「薬を投与したほうがいいのう。この辺りに薬屋はあるのか」

「大丈夫です。わたし、ポーションを持っているので」

「ほう、ポーションとな」

儂も毒消し薬は持っていたが、この幼子のポーションに興味があった。ポーションとは即効性のある液体の回復薬だ。瓶詰めされており、一般的な飲む回復薬といったところじゃ。少女はポーション瓶を取り出して、若造の口の中に注ぐ。

「店売りのポーションとは違うな」

「あ……。気づいちゃいましたか。でも大丈夫な物なので信じてください」

少女が渡したポーションはおそらく通常のポーションに解毒の成分を組み合わせているのだろう。毒が解毒されていくのが若造の表情でわかる。

「これで安静にしていれば次第に良くなると思います」

「ありがとう……少し楽になったよ」

「ジング蜂の解毒は時間がかかるのが難点ですね……。苦しみを和らげたいんですが」

「ならばこれを飲ませるといい」

儂は懐《ふところ》から粉薬の入った包み紙を取り出して少女に渡す。

「えっと……これは……」

「儂の故郷でもジング蜂と同じ成分の毒蜂がおってな。この粉薬が特効薬となるんじゃ」

「……ちょっとだけ見せてもらってもいいですか？」

強力な魔獣の多いエストリア山では、ジング蜂など子供レベルと思うほどの強い猛毒蜂がおる。だが二百年薬師の経験を持つ儂のおかげで、故郷の村の皆は薬で免疫を持ったうえ毒に耐性がつくようになった。

　少女は小指で粉薬に触れ、ペロリと舐める。

「……大丈夫そうですね。ごめんなさい、疑ったわけではないんですが」

「おぬしの行動は正しい。気にしておらんよ」

　確認行為はちゃんとせねばならぬ。少女の判断は間違っていない。少女はポーションと粉薬を一緒に若造に飲ませた。その瞬間。

「うおおおおおっ！」

「きゃっ！」

「手の痛みと吐き気、だるさが消えた！　復活したぞぉ。がはははは！」

「うむ、元気になったようじゃな」

「ありがとよ嬢ちゃん。坊主！　是非とも礼をさせてくれ！」

「礼はポーションを飲ませたこの娘《こ》にしてあげてくれ。ただ無理せず、用心するのじゃぞ」

　ポーションの代金を少女に渡し、若造は元気よく歩いて行った。これで解決じゃな。

「あ、あの！」

　少女が声をかけてきた。

「わたし、スティラ・ポンポーティルといいます！　良ければお話を聞かせてもらえませんか！」

「儂はクロス・エルフィド。成人の式に参加するためにこの都へ来たんじゃ」

「そうなんですか！　じゃあ、わたしたち同い年なんですね。わたしもこれから式に出席するんです」

　え、同い年なの？　ステイラ・ポンポーティルは背も低く、童顔なところから、ぱっと見た感じ年下にしか見えない。胸部の盛り上がりが強く目立つ。そこで成人らしさが集中してしまったのかもしれない。儂とスティラは成人の式が行われる教会へ向かい、歩みを進める。

「クロスさんはどこから来られたんですか？」

「エストリア山を知っておるかのう。あの辺じゃよ」

「あの有名な霊山ですよね。龍脈の影響で魔力が豊富にある山だと聞いたことがあります」

　秘境地であるエストリアが霊山だと知っているとは、スティラはかなり勉強家っぽいな。勉強熱心な若者は好ましいぞ。

「わたしも一度行ってみたいんですけど……ものすごく強い魔獣が多いって聞いて、立ち入りも制限されてるじゃないですか」

　そう、あの山は立ち入りが制限されている。なのでスティラも儂があの山のふもとの適当な村に住んでいると思ったのじゃろう。実際は山の中なのじゃがそれを言う必要はない。適当に話を濁すとしようか。

「でもあの山ってガロールまで人の足で一ヶ月くらいかかりますよね……。そんなに前から出てきたんですか？」

「そーじゃのぅ」

二百年で習得した移動術を使えば、一日あれば余裕でたどり着くのじゃ。

「クロスさんはどこで薬術を覚えたんですか？」

この世の回復魔法の体系として、まず回復術師の回復魔法が古くから広まっている。ただ外部の傷は治せても体の内部に潜む病は回復術師には治せなかった。そこで重要視されたのが、その病に効く薬を作ることができる薬師である。薬師は傷も治す薬も作れるので回復術師よりも重宝される傾向がある。しかし戦闘では即効性のある回復術師の術のほうが重要じゃが。

「故郷は薬師もおらん辺鄙《へんぴ》な所でな。だから儂が自己流で覚えて薬師の代わりをしておったんじゃ」

嘘は言っていないし事実でもある。

「すごいですね。ジング毒も見抜いてましたし、あの患者を治癒した粉薬も。クロスさんってすごい薬師なんじゃないですか」

「おぬしのポーションあってこそじゃよ。それにあくまで自己流じゃ。褒められるほどではない」

二百年の自己流がどこまですごいかは自分では良くわからんからのう。さて、次はこちらから訊くとしようか。

「ポンポーティル家とは、あのポーションを初めて作りあげた家系と思っていいのか？」

「やはりご存じでしたか」

ポーションはここ五十年の間にできた液体系回復薬じゃ。それまでは薬草を煎じて飲む程度が主流だったが、ポンポーティル家の現当主がポーションを生み出し、流通させて世界を変えたという話だ。今やポーションはなくてはならないものとして世界中の王国騎士、冒険者問わず持っている。ただ儂はポーションが嫌いなので知識は知っていても作ろうとはしない。

「私は現当主の姪孫になるんです」

「ほぅ、名家の関係者ということか」

「あはは……。そうだと良かったんですが、直系ではないので雑用ばかりやらされてます」

ポーションの流通によりポンポーティル家は大きくなり、そして魔力を多く含んだネセス川のそばに研究所を構えているゆえ、この水都が大きくなるのは当然といえる。農作物のいくつかはポーション作成用の薬草だと言われているんじゃ。

「将来はやはり薬師を目指してるのか？」

「はい！　ポンポーティル家の者として至高のポーション、エクスポーションを作り上げたいのです」

「エクスポーションとはなんじゃ？」

聞いたことあるような……。前世の時代の話だからほとんど覚えてないのう。スティラはにこりと笑った。

「現当主リドバさんが若い頃、ポーションの効能の研究をされていたんです。それである時、赤色の純度の高いポーションを精製することに成功しました。五十年経った今でも性能を維持した至高のポーション、それがエクスポーションです」

「ほぅ」

「精製した一本は当時の国王陛下に献上され、ポーションとしての価値とその効能でリドバさんは勲章をいただき、最高のポーションの作成者として名前を残したのです」

「ポーションが流通され始めたのがそれからだったか」

飲むことで傷を治すポーションというのは画期的だったに違いない。ま、その理論をもっと前から完成させた奴がおったんじゃがな。人と関わるのを嫌い自分だけの知識としたゆえに広まることはなかったが。

「しかし今、流通しているポーションは青色が多いな」

ちょうど通りにポーションを販売している商店があった。ポンポーティル家の青色のポーション。そしてやや緑がかったハイポーション。ハイポーションは高価だが効能が高い物となっている。先ほどのステイラの話であれば赤色のポーションが出回るはずじゃった。

「ええ、実はエクスポーションは五十年前に偶然にできた産物で、今でも再現できないんです」

「なんじゃ量産できなかったのか」

「本人は奇跡の産物と言っていました。その後の研究でハイポーションが開発されましたけど、やっぱり薬師ならエクスポーションを作り上げたいですよね」

「ふーん」

本当に自分で作り上げたのであれば再現できる気もするが、不思議なことじゃのう。

「傷を治す程度なら今のポーションでも十分じゃろう。だがポンポーティル家としては、ということか」

「はい、赤色のエクスポーションを作ることを至上と考えています。わたしも研究したかったんですけど、やっぱり直系ではないからほとんどポーション研究をやらせてもらえなくて」

もったいない。先ほどの毒でやられた若造に飲ませたポーションは大したものだった。あれはスティラが研究して生み出した物なのだろう。あのレベルのものがこの若さで生み出せるのなら、赤色のポーションなど容易く精製することができるじゃろうに。

「リドバさんも自分の孫、次期当主の再従兄弟《はとこ》に家を継がせるみたいなので」

「もしや現当主に嫌われているのか？」

「リドバさんは兄……先代の当主だった私の祖父を嫌っていたようで、祖父母、お父さんとお母さんが亡くなってからは居場所がなくて」

「ふむ……」

胸くそ悪い話じゃな。血の繋がらない儂を父上も母上も愛してくれているのに、スティラは血が繋がっているはずの現当主から嫌われている。若者を虐げる現当主は好かんな。

「でも最近ポーション以外にも気になる回復薬ができたんです！」

スティラは急に目を輝かせ始めた。

「アルデバ商会って知ってますか！」

「王国中に拠点を持つ有名な商会じゃろ。儂の村にも行商人が来ておったわ」

故郷は山の中にあるゆえに行商人を利用しなければ必需品を手に入れることができなかった。ゆえにアルデバ商会の若い行商人と契約を結んでおったのじゃ。

「実は十年ほど前からごくわずかだけ入荷している回復薬があるんです。ヒーリングサルブというんですけど」

「塗り薬か」

「ええ。瓶詰めにされた塗り薬で三ヶ月に十個だけアルデバ商会に入荷されるんです。その効能がすさまじいってここ数年で判明したんです」

「ほー！」

「その件があって、ポーションが回復薬で最上の売り上げだった業界でヒーリングサルブが注目されるようになって、リドバさんが激おこなんです」

はぁっとスティラはため息をついた。今までの話からやつあたりをされたんだろうなと思う。

「他社が作ったヒーリングサルブはあんまり使えないんですよね。だけどアルデバ商会に十個だけ入荷されるヒーリングサルブの効果は段違いで、わたしは作った薬師さんをすっごい尊敬してるんです！」

「ふむ」

「一度でいいから会ってみたいなぁ」

うん、たぶんそれ儂かもしれんのう。エストリア山は先《さつき》も言った通り霊山でマナが溢《あふ》れておる。ゆえに薬草の質が非常に良く、回復薬を作るのに適した環境じゃった。それで小遣い稼ぎも兼ねて里に来た若い行商人と専属契約を結んで三ヶ月に十個納品しておるんじゃ。

今まで使っていた仙薬は用法を誤ると人死にが発生するので儂以外には扱えん。ゆえに塗り薬程度を作って売りさばくのが丁度良かった。もっと数を作ってほしいと求められてるがめんどくさくてのー。あの小僧とは儂が二歳の頃に契約しておるから儂の言いなりじゃ。今は出世して王都にいると言っておったな。今度直々に会いに行ってやるか。

「その薬師さんなんですけど、ほんとすごいんですよ！」

ふむふむ。

「そのヒーリングサルブは一塗りで傷が回復しちゃうんです。でも塗り薬が残ってる回数分使えるから、高位冒険者や騎士たちが血眼《ちまなこ》になって入手しようとしてるんですよ」

やはり儂が作ったやつじゃないかと思う。

「私、行商人さんから聞いたんですけど」

スティラは小声で誰にも聞こえないように喋った。

「薬師さんは二十歳くらいの人らしいですよ」

儂じゃなかったわぁ！

「クロスさん、もしかして知り合いだったりしません？」

「知らんな」

儂じゃないならわからんな。身内ならともかく、他人の成果には興味はない。儂と同じようにヒーリングサルブに目を付けた若者がおったことを喜ぶとしよう。

「教会に着きましたよ！」

石段作りで階段も多い水都を巡り、儂とスティラは成人の式が行われる教会へとたどり着く。

教会には溢れんばかりの人がおり、儂らと同い年の若者が列をなしていた。

「成人したばかりと思えない者も多いな。見物客か？」

「例年こんな感じですよ。かなり順番待ちになりそうですね。……わたしたちが最後かも」

成人の式は儂が想像していたものと違うようだ。もうちょっと聞いておくべきだったな。

「スティラ、儂はあまり成人の式のことを知らん。教えてもらえるか」

「いいですよ。ではまず」

スティラは指を一本立てて、ぐるりと回すようにして教会に視線を向ける。

「成人の式の目的は全員にプロフカードを手に入れることです」

「なんじゃそれは」

「成人の身分証明書ですね。今はそれがなければ就労ができない仕組みになっています」

そんなシステムができておったのか。前世では気にせず旅をしておったからのう。還暦を迎えた頃には就労することもなかったから当然か。プロフカードは魔法の力で個人情報が書き込まれるそうだ。犯罪歴なども書き込まれるので注意とか。

「シスターが神聖術で体の一部と同化してくださるのでなくす心配もありませんよ」

「便利じゃのう」

「そしてもう一つ重要なのが神託です」

そういえば通りでそんなことを誰か言っておったな。

「おおおおおおおおっ！」

教会内が騒がしいな。何かあったか？

「Bランクが出たぞ！　すっげー才能だぁぁ」

「あいつ、いいなぁっ！」

「将来安泰だろうなぁ」

万歳して喜んでいるそこの小僧のことだろうか、嬉しそうに泣いている両親らしき若造たちがおる。

「Bランクはすごいですね。滅多に出ないランクですね」

「才能と言っていたがどういうことじゃ？」

「ええ、教会には才能を判別する神器があるんです。職業を伝えて、手を翳すとその人の職業の資質が浮かび上がってA～Fまで判別できるらしいです」

Aが最高評価ということか。

「人には向き不向きがあるじゃろう。そんな簡単に才能を判別していいものなのか」

「ゆえに神託は今までの人生の総決算と呼ばれています。プロフカードにも登録されるので失敗はできないですね」

人の才能というのは目で判別しにくいものじゃ。うっかり登録する職業を間違えたら人生に関わるということじゃな。

「大半はDかEランクで世界中でもごく稀《まれ》にしかいないAランク。たまにBとかCとか出るらしいですね」

「Fランクは出ないのか」

「え……と」

ステイラは非常に困った顔をした。

「A以上に少ないんです。Fランクは絶望的に才能がないという証明で侮蔑の対象にもなって……」

「才能が全てではないじゃろうに」

「そうなんですけど……。世の中では神託が絶対って思われてますね。Fランクが出て親子ともども心中したという話もあったくらいなので」

才能か……。どうしても可視化できなければわからないものもある。だが命を落とさねばならんものなのか。若者はその存在だけで尊重されねばならんのに。

「少し空《す》いたみたいですね。中に入りましょう。え、きゃっ！」

ステイラが教会の中に入ろうとした時、中から小僧が出てきて、ステイラとぶつかりそうになる。儂はステイラの腕を掴んで手元に寄せた。

「おい、気をつけろ！」

猛っているのは同い年の小僧のようだ。後ろには三人ほど腰巾着のような者がいる。

「俺はBランクの才能を持つんだぞ！　才能のある俺に怪我なんてさせんな」

「そうだそうだ！　Bランクの祝いにメシでも行きましょー！」

「でもこの子、結構可愛いですよ」

ぶつかろうとしてきた小僧がスティラに目をつける。童顔なところはともかく、スティラの年離れした胸部にいやらしい目線を向けた。

「おぅ、どうだ。Bランクの俺の女にならねぇか。Bランクが決まってから人が集まってきてよ。へへっ才能あるってたまんねぇぜ！」

小僧は完全に有頂天になっていた。確かに才能はあるんじゃろう。だが才能は生かせるかどうかの話であって、現時点での能力ではない。それもわからんとはな。

「わたし、今から神託なので……」

「終わったらそこの店で打ち上げだ。お望みなら抱いてやるからよぉ」

「うへぇ」

小僧と腰巾着どもは大笑いして人を跳ね飛ばしながら立ち去っていった。

「あいつ……大人しかったのになぁ」

「毎年Bランクとかになるとあーいうの増えるらしいよ」

全く嘆かわしいことだ。男に言い寄られたスティラはげっそりとしていた。

「スティラ、大丈夫か」

「は、はい。わたし、あーいうの苦手で……。あ、クロスさんありがとうございます。怪我しないように引っ張ってくださったんですよね」

「向こうが避ける気配なさそうじゃったからな」

「才能が全てじゃないのに……。クロスさんも神託を受けてAとかBになってもあんな横暴な人になっちゃやだめですからね！」

ぷんぷんとスティラは可愛らしく手を振った。じゃが、儂はその才能というものについて考えていた。そう、儂は。

「安心せい。儂に才能などない」

教会の中に入った儂とスティラ。中にはシスターたちが十五歳の小僧、小娘どもに神託を授けていた。大半がDとかEランクで落胆も嘆きも一様だった。

「遅かったな」

スティラがその渋い声にぴくりと肩が震える。その声をかけた男、七十歳くらいか。

「リドバさん……」

ほぅ、この男がポーション業界で有名なポンポーティル家の当主のリドバ・ポンポーティルか。スティラの大叔父という立場でもある。

「こんなに遅くに来て神託を受けるとはいい度胸だな」

「す、すみません……。体調不良の方を診ていて」

「言い訳などいい。わしは暇ではないのだ。さっさとすませろ」

「……はい」

言葉の節々に見える悪意からやはり元々聞いていた通り仲が良くないようだ。完全にスティラは萎縮してしまっている。有能な子供を萎縮させて力を発揮させなくするなんて最低だと思う。

「おい、スティラ」

リドバ・ポンポーティルのそばにいた小僧が声をかけてきた。儂やスティラと同い年くらいに見える。すでに神託を受けた小僧かもしれんな。

「ウェーウェル君」

スティラと顔見知りのようだ。

「オレ、薬師Bランクって言われたぜ」

「え、すごい」

「ポンポーティル家の跡取りだから当然だっつーの。グズでのろまなスティラは良くてもDってところだろーよ。下手すればEかもしれねーな。きゃははははっ！」

なんつーか、品のない小僧じゃの。儂の見立てではそこまで才があるようには見えんが。これがポンポーティル家の跡取りじゃ先はもうなさそうだな。それに気づいてないのがもう救えん。スティラはワナワナと震え、強く足を踏み出した。

「お、お約束通り。Cランク以上ならポーションの研究場で働かせてくれるんですよね！」

「……」

リドバという男は何も言わない。

「わたし、ポンポーティル家のために赤色のエクスポーションを作りたいんです！　そうすればヒーリングサルブにだってきっと負けない」

「あっはっはっは！　あれはお祖父様の奇跡の産物だっつーの。ステイラには無理無理。今のポーションで、ポンポーティル家は安泰だって」

「売り上げが下がってるんですよ！　このままじゃ！」

「ステイラ」

「は、はい！」

重厚な声でリドバは声を上げる。

「おまえのような口だけの子供がポンポーティル家を語るな」

「っ！」

ステイラは何も言えず、俯《うつむ》いてしまう。

「Cランク以上なら考えてやる。DかEであれば予定通り家のために花嫁修業をしてもらう。わしが懇意にしている家へ嫁げ」

「……」

「いいじゃん。ステイラはどんくさいけど見た目はいいし、胸もでけーじゃん。欲しがる男がぜってぇいるって！」

そういう話になっているのか。そりゃステイラも躍起になってしまうわけだ。出会ったばかりの儂ですらわかるのに、こやつらはステイラの才能を知らないのか。優れた効能を持つポーションを作れる十五歳がどれだけいると思っている。神託の結果など必要なかろう。ただ漠然と神託の結果で花嫁に出すなんてこいつら何を考えておるのか。……家の事情に口を出すのは憚《はばか》られるわけだが。

「ただ……もしFランクなど出してみろ。ポンポーティル家を名乗ることは許さん。即刻水都から出ていくがよい」

「ひっ……」

Fランク。才能が絶望的にないというAランク以上にレアなランクか。あのポーションの作製能力でそれはないと思うが。リドバとその孫の小僧は後ろに下がり、スティラは俯いたままだった。

「スティラ」

「……。ごめんなさい、恥ずかしいところを見せてしまいました」

「恥ずかしいのは向こうじゃよ。おぬしは何も悪くないし、卑下《ひげ》をするな。スティラは立派な子じゃ。さっきの若造の治療は何も間違っておらんかった」

「……あ」

スティラはびっくりしように目を見開き、恥ずかしそうに頬をかいた。

「褒められ慣れてないので……恥ずかしいです」

「おぬしが正当に評価されんはずがない。儂はわかっておるよ」

「もう、クロスさんってお上手ですね」

スティラの表情も少し柔らかくなった気がする。子供に悲しい顔は似合わない。やはり笑顔でなければな。

ようやく、神託の列も空いて儂とスティラが受けられることになった。自分の番が終わったというのに教会の中は人で溢れている。才能の神託を最後まで聞こうということじゃな。

「先に行くか？」

「ごめんなさい。勇気が出ないので先にお願いしてもいいですか」

「うむ、わかった」

儂は先に神託を授けてくれるシスターのもとへ向かう。

「クロス・エルフィドさんですね。これがプロフカードになります」

あっと言う間の処理で儂のプロフカードが作られた。随分とあっさりとしたもんじゃのう。

ただ悪用はされづらそうだし、便利ともいえるか。

「では神託を行います。何か一つ、一番得意な職業を挙げてください」

「正直なんでもいいのじゃが」

「刀を抱えていますし、戦士なんてどうでしょうか。前衛で戦われる職業はこの分類となります」

どうやら戦える者を総じて戦士と呼んでいるようだ。この世の職業など山のようにあるし、ある程度分類をしているのじゃろう。シスターは神託を行うため、目の前に置いてある神器に手を出すように指示をしてきた。まぁええわい。さっさと終わらせよう。正直才能なんてどうでもいい。神器が光り輝き、よくわからない文字が映し出される。

「こ、これは！」

シスターは驚き、神器を何度も眺めた。なんだか神妙な顔に変わる。

「クロス・エルフィドさん」

「ふむ」

「あなたの戦士の才能は……。ゼロです！　Ｆランクです。全くありません！」

その瞬間、教会中の若者たちが大笑いをし始めた。

「ぎゃはははははははっ！」

「数年に一人の大無能が出ちまったじゃねーかよ！」

「大層な刀を持って才能なしとかばっかじゃねーの！」

言いたい放題言ってくれる。しかし、才能がないことをここまでバカにするとは今時の若者たちは残念だな。プロフカードに戦士の才能Ｆランクと記されてしまった。

「プロフカードの作成感謝する」

「ええ。ですが戦士の才能は全くないので、他の職業を目指されることを推奨します」

「才能がないのは知っておるよ。じゃが儂にはこれしかないのでな」

プロフカードを体内に入れて下がることにする。今も侮蔑の言葉を投げられているが、二百年生きた儂がそんなことで心を乱されるはずがない。

才能がないのは誰よりも自覚をしている。貴様らは知らんだろうが儂が前世の十五歳の頃どんな有様が説明してやろうか？　だから二百年かけて研鑽を続けたのじゃ。才能なしなど言われるまでもない。新しい人生で名前も変わったが肉体自体は変わっておらんのだ。

「スティラ」

スティラは俯いていた。儂がFランクと知って彼女はどんな目で儂を見るか。でもスティラは顔を上げ、真っ直ぐに顔を視た。

「クロスさん、才能が全てじゃないと思っています。わたしはクロスさんがすごい人だと思っているんです。根拠はないんですけど……えへへ、わかるんです」

「……」

侮蔑は受けても心を乱されない。二百年かけてその心を作り上げた。じゃが賞賛の言葉はちゃんと心に染みるものなのだな。すごく嬉しかった。

「ありがとうスティラ」

「はい！　じゃあ行ってきますね」


【スティラ視点】

わたし、スティラ・ポンポーティルは恵まれているようで恵まれていないと自己分析している。

子供の頃は良かった。優しい祖父がいて、愛してくれる両親がいて、至高と呼ばれたエクスポーションを眺めるのが大好きだった。

当主だった祖父が病気で亡くなり、両親を事故で亡くし、今のリドバさんが当主になってからは全てが変わったように思える。ポンポーティル家の方針がポーションの大量生産、利益重視になってしまったのだ。

あの至高の赤色のポーションを生み出したリドバさんがなぜ方向転換したのか今でもわからない。ずっと研究者だったリドバさんが経営者になってからわたしはとくに迫害されるようになった。ポーション研究も隠れてやらなきゃいけなくて、作り上げた毒消しポーションも絶対有用なはずなのに商売の検討すらしてくれない。成人したら家を出て、自立したほうがいいのかなと思ったけど名前のせいで企業に入れないし、独立しても生きていくだけで精一杯なので研究なんてできないだろう。

ある時王都に来た私はアルデバ商会で運命の出会いをする。そう、後に奇跡の産物として有名になるヒーリングサルブだ。エクスポーションに匹敵する回復量。さらに保存が利き、複数回使える塗り薬だった。これが市場に出回れば、回復量が少なく保存も利かず、一回こっきりのポンポーティルのポーションは売れなくなってしまう。

わたしはポーションの質向上をリドバさんにも訴えたけど、当然ながら却下され、ヒーリングサルブの回し者と思われ、さらに行動が制限されるようになってしまった。エクスポーションを完成させればきっとヒーリングサルブにも負けないはずなのに……。アルデバ商会のヒーリングサルブがたくさん流通してなかったのが本当に救いだったと思う。気になってどんな人が作っているのか、作成者と直接取引しているらしい行商人のアーリントさんに訊いてみた。

「あの！　このヒーリングサルブはどなたが作ってるんですか」

「えっと……。旦那様の要望で公開はしないって話になってるんだ」

「そうですか……。じゃあ、どんな方なんですか！」

「見た目と言動が全く一致してない人だよ」

それははっきりと答えてくれるんだ。どんな人なんだろうか。わたしはこのヒーリングサルブを作った人に憧れを抱いていた。きっと素晴らしい薬師に違いない。エクスポーションは作りたいけど、それ以上に憧れの薬師さんに師事を乞いたい。そばにいたい。成人したらアルデバ商会に入って例の薬師に会いにいくのも一つかもしれない。それくらいの感情を抱いていたんだ。

「いくつぐらいの人なんですか？」

「君と同い年……って言うのはさすがにまずいか。たぶん二十代くらいかな！　アハハ」

「二十代！　そんな若いんですね。すごいなぁ」

神託の時が来た。Cランク以上ならポーションの研究をさせてもらえる。もしDとかEなら研究をすっぱり諦めさせられ、花嫁修業をさせられる。そのときは家を出よう。生きるのに必死で研究は全くできなくなるけど、仕方ないよね。

お願いします。再従兄弟のウェーウェル君と同じBランクで認定してください。彼も薬師としての才はあるけど、全然勉強もしてないし、作り方も下手だし、それよりはマシだと思っています。ウェーウェル君がポンポーティル家を継ぐのは仕方ないにしても、ポーション作りまで彼がやったら間違いなく家は終わります。

だから……。

「スティラ・ポンポーティルさん」

「は、はい！」

「では神託を行います。何か一つ、一番得意な職業を挙げてください」

「薬師でお願いします！」

「それでは神器に手を当ててください」

心を込めて、神器に手を置いた。高ランクであることを祈ったのだ。

「なんということでしょう！」

シスターは神器をのぞき込み、そして私を見た。

「スティラ・ポンポーティルさん。あなたの薬師としての才能はありません」

「え」

「Fランクです。あなたは薬師としての才能はFランクです！」

まさかのFランクの判定に頭が真っ白になってしまった。そして。

「ぎゃはははははは、二人連続とかマジかよっ！」

「Fランク判定された奴なんてどこも働けねーなっ！」

「でも可愛い子じゃん。オレが奴隷として飼ってやろーか。ぎゃははははっ！」

まわりで騒々しい声が広がるが何一つとして入ってこない。まさかの判定に心臓が止まりそうだった。

「スティラ」

リドバさんの声にわたしはばっと振り返る。いつものように鋭い目つきでわたしのことを一ミリも愛していない目だ。祖父のことが嫌いで、祖父の直系の子たちを強制排除した人。両親の事故ももしかしたら……という話もあるくらいだ。

「わしは言ったな。Fランクの無能がポンポーティル家であることを名乗るのは許さん」

「っ！」

「荷物を即刻まとめて出ていくがいい。そして二度と姿をさらすな」

その無情な言葉にわたしは大声を上げる。

「な、納得できません！　わたしに才能があるとは言いませんがポーションだって作れます。全く才能がないはずがないんです！」

わたしは鞄からあの毒消しポーションを取り出して、リドバさんに差し出した。

「このポーションだってわたしが作って……。リドバさんならこの価値がわかっ！」

その瞬間、リドバさんが手を払い、わたしの持っていたポーション瓶が地面に落ちて割れてしまう。丹精込めて作った回復薬が地面を濡らしていく。

「あ……ああ！」

「無能が作った物など必要ない。ポンポーティル家の恥さらしめ」

「まっさか再従姉妹《はとこ》がFランクなんてよ。最悪だぜ。マジで消えてくんねーか」

ウェーウェル君までそんなことを言うんだ……。あなたにポーションの作り方を教えたのはわたしだよ。少しも覚えてなかったんだ。涙が出てきて、止まらない。

「ちょっと可哀想じゃない。いくら無能で才能なしだからって」

「いや、でもFランクは無理っしょ」

「Fランク認定された人って他の職業も無能と思われて職にありつけないって聞くし……」

心ない言葉に心がズタズタに引き裂かれていく。私はこれから……何をして生きていけばいいんだろう。

苦しい、苦しいよ。リドバさんが足元にある、払いのけたポーション瓶の欠片を手に取った。

「才能のない愚か者は他者に迷惑かける前に野垂れ死ぬがいい！」

そして振りかぶり、わたしに向かって投げつけてくる。目を瞑り、その痛みに耐えようとする。もう嫌だ。こんな思いをするくらいなら……。わたしは薬師なんて諦め……。

だけどいつまで経っても痛みはなかった。そして目を開くとそこにはポーション瓶を受け止めたクロスさんの姿があった。

「リドバ・ポンポーティル。貴様に挑戦状を叩きつける」

「何？」

「才ある若者を踏みにじる行為を儂は絶対許さない」

リドバは鋭い眼光で儂を射貫いてくる。儂が本当に十五歳のままだったら怖じ気づいてしまうだろう。だが儂には二百年の生き様がある。数十年しか生きていない若造《リドバ》を恐れることなどない。

「わしは忙しいのだ。愚か者どもに無駄な時間を使う意味はない」

リドバは振り返り、出ていこうとする。

「ほ〜〜〜。ところで貴様、若い頃……フレトバ大空洞で大怪我をしたことがあるのではないか」

ぴたりとリドバの歩みが止まる。

「治療してもらった老人の鞄から、二本何かを抜き取ったそうだな。それは今、どこにあるのかのう」

「その話をどこで……」

やはり心当たりがあるようだ。動じていないように振る舞っているが、声に震えが見られるぞ。

「挑戦を受けてもらえるなら口外しないと誓おう。血判状でも作ってやる」

「……挑戦の内容は」

「スティラが明日の朝、貴様らの前でエクスポーションを作り上げることとしよう」

「クロスさん!?」

「良かろう。ただ基準に到達しなかった場合はただですむと思わぬことだ。謂《いわ》れのないことに対する名誉毀損《めいよきそん》で多大な負債を抱えてもらう」


「なんであんな約束をしたんですか!」

教会での騒動の後、儂らは裏の通りで話をしていた。スティラがなかなかの剣幕で訴えてくる。

「助けていただいたことには感謝しています。敵しかいなくて絶望で心が壊れそうな時にクロスさんがいてくださったおかげで、わたしは耐えることができました」

四面楚歌《しめんそか》の状況。過去Fランクだった者は皆、あのような謂れのない言葉の暴力を受けたのだろうか。一人でも味方になる者がいればギリギリのところで耐えられる。ただ、心は壊れてしまったら、治すのに苦労するんじゃ。

「儂は無謀な挑戦を突き付けたわけじゃないぞ」

「無謀ですよ!　エクスポーションは誰も作れた者がいない。リドバさんでも再び作りあげることができなかったんです」

「作れるのであれば問題ないのだろう」

「え」

儂は用紙を取り出してペンを走らせる。頭の中に残っている知識をスラスラっと書き記した。久しく作ってはおらんが……おそらく大丈夫なはずじゃ。

「スティラ。ポーションとはレシピがあれば簡単に作れるのか？」

「簡単ではないですが難易度は段違いですね。私はポンポーティル家のポーションを全て作ることができます」

「ならばなぜエクスポーションは作れない」

「それはレシピが解明されていないからです。私は一度作ることができれば二度と失敗しません」

それなのにリドバはエクスポーションを作ることができなかった。スティラほど有能であれば一度作れば大抵できるようになるはずなのに不思議じゃのう。儂はぺらんとスティラに用紙を見せる。

「エクスポーションのレシピじゃ」

「は」

「これでおそらく作れると思う」

スティラが用紙を引ったくり、じっと眺める。

「そんなわけ！　あ、でも理に適《かな》ってる。この発想はなかったな……。これなら、いや、まさか」

さすがじゃの。ありえないと切り捨てるのではなく、内容を見て精査をしようとする。才ある者ならではの動きじゃ。やはりスティラをFランクと断じたあの神器、儂の予想が正しいなら、もしやじゃな。

そう、赤色のエクスポーションと呼ばれる物は前世の儂が作った物で間違いない。今から百年程前、液体回復薬の理論を完成させていた儂はあれを自分のために作り出した。赤色になってしまうのは少し特殊な抽出方法をした結果じゃ。あの理論は二百年生きてきたが他で見たことはない。

そして使用せずに鞄にしまったまま保管し五十年ほど前、とあるダンジョンで大怪我をして倒れておったリドバをきまぐれで助けたんじゃよ。液体回復薬を使って怪我を治してやり、面倒を見てたんじゃが。

ある日、鞄から二本の液体回復薬を盗まれて逃げられてしまった。そしてそのすぐ後にポンポーティルがポーションの開発に成功し、王家から名誉をいただき劣化品が市場に出回るという話を聞いた。儂はそれを知って、自分の知識が利用されたことが不愉快で液体回復薬精製の計画をやめにしたんじゃ。だからポーションというものを儂は嫌っておる。今は粉薬、丸薬関係しか作っておらん。

「ただ問題はポーションを作る設備じゃな。ポンポーティル家の調薬場を借りるわけにはいかんじゃろう」

「そうですね。すでにわたしの立ち入りは禁止されているはずです。でも手はあります」

スティラの目つきが変わった。先ほどの怯えた表情は欠片《かけら》もない。覚悟を決めたようじゃな。

「行きましょう。わたしの隠れ家へ」

水都の大通りから少し離れた所に人通りの少ない廃墟区画があった。建物はたくさんあるのに人通りは非常に少ない。建物だけバンバン作ったのに人が追いついてこなかったということか。

短期間で大きな都に変貌した街にはこういう所が見られる。ただ曰《いわ》くつきの者にとっては身を隠すにはもってこいというわけか。スティラは慣れた足取りで廃墟地へ入っていき、小さな建物の中へと入っていく。そこには古びた机に調薬道具。粗末なベッドにその他諸々が置いてあった。

「ここはポンポーティル家所有の旧研究室なんです」

スティラは紹介するように手を広げて案内をする。

「大きな建物を造っちゃったので廃棄されたんですけど……わたしが有効活用しているのですっ！」

自慢気な顔をする。整理整頓され、掃除もされていることからそれなりの頻度で活用しているようだった。それが意味することは一つ。

「出会った時のポーションはここで作ったのか」

「はい。リドバさんに実家での作成を禁じられているのでやむなくですね……。この研究室はお祖父ちゃんの個人的な施設だったので、リドバさんも知らないんです」

「そうか。苦労したんじゃな」

「機材も集められないので廃棄された物を直したりして……、薬草もフィールドワークで採った物も多いんですよ」

廃棄されたと言っておったがその調薬器具はしっかりと手入れされており、大切に扱われているとわかる。ここまでしっかりとした十五歳はおらんじゃろう。まだ乳幼児と変わらん歳だというのになんと立派な。

ステイラは間違いなく薬術に対して才能がある。ちゃんと彼女の才を理解して然るべき投資をしていたらもっと才能を伸ばすことができるだろう。若い者を適切に評価しない者たちの愚行は本当に許すことができぬ。儂は気づけばステイラの柔らかな青髪を撫でていた。

「偉い！」

「……ク、クロスさん!?」

「頑張ったよのう。クロスさん。おぬしは立派じゃよ。儂はおぬしの味方じゃからな」

「……」

ステイラは頬を赤く染め、嬉しそうに微笑んだ。

「クロスさんと出会えて本当に良かった。……味方になってくれてありがとうございます」

ステイラはゆっくりと見上げ、瞳を潤ます。

「えへへ、何か不思議ですね。同い年なのにクロスさんに撫でられるの嫌いじゃないです。失礼かもですけど……亡くなったお祖父ちゃんに撫でられてるみたいで。わたしお祖父ちゃんっ子だったので」

「そうか！　なら儂のことはお祖父ちゃんと思ってくれていいぞ！」

「それは意味がわかりませんよ!?」

それはやめときますと言われスティラのお祖父ちゃんにはなれなかった。残念。二百年生きた儂は十五歳のスティラなど孫娘同然みたいなものじゃ。愛情深い両親に育てられたこともあり、儂も孫を持ってみたくなったんじゃ！

「このエクスポーションのレシピ、わたしの実力でも再現できそうなんですけどちょっと問題がありますね」

「ふむ、それはいったい」

「その品質に見合った薬草がないんです」

そういうことか。儂が仙薬やヒーリングサルブを作れたのはエストリア山の魔力で育った薬草があったからに他ならない。その辺の葉っぱでエクスポーションが作れるなら誰も苦労はせんというわけじゃ。

「都中の店をまわっても……見つかるかどうか」

明日までに作製しなければならんからな。儂も調薬道具は故郷に置いてきておる。故郷に一瞬で戻れるアイテムでもあれば話は別じゃが……今は持っていない。

「少しの薬草ならここにあるので試してみますね」

ちらっと保管されたものを見てみたが品質的に基準に達しているものはない。うむ……どうすれば。そこで儂は研究室の壁に貼られた地図に目がいく。この地方一帯の地図のようだ。そこで儂はあることに気づき、地図に近寄った。

「これだ」

「クロスさん？」

「薬草を手に入れる方法があるぞ」

「本当ですか！」

儂はスティラに説明するように地図に指をさした。

「この場所に薬草の保存庫が残っているはずじゃ。ここへ行くぞ」

「ちょ、ちょっと待ってください」

スティラは静止してくる。

「これ、相当な山奥ですよ！　しかも距離的に人の足で数日かかる道のりですよね」

「うむ」

「どういうことなんですか。つまり諦めてわたしと駆け落ちしようってことかな。そりゃクロスさんに助けてもらった時は嬉しかったし、お顔も好みな方だし。どうせアテのない旅になるのだから薬の知識のあると人と一緒にいたほうが楽しいのは間違いない。うん、クロスさん、ふつつか者ですがお願いします」

「何を言っておるんじゃや、おぬしは」

最近の若者は思い込みが激しいのか。もしかしたら現実逃避なのかもしれない。

「安心せい。人の足で数日かかるなら」

「かかるなら？」

「儂の足なら数時間じゃ」

「ちょっと意味がわかりません」

「ええい、時間がもったいない。行くぞ」

「え、ちょっ、きゃっ！」

ステイラを持ち上げて肩に抱え、外へ出た。

「クロスさん、いったい何を……！」

「黙ってないと舌噛むぞ」

「へっ、ぎゃあああああああ！」

音速がごとき俊足を発揮した儂は、数日かかる距離を数時間で到達することができた。

「うむ、やはり道は間違えておらんかったな」

目的の場所にたどり着き、ご満悦。用事を早々に済ませば日が暮れるまでには都に戻れるだろう。

「はひぃ……」

目をぐるぐる回してしまったステイラを地面に下ろす。

「しっかりせい。到着したぞ」

「……あんな早い乗り物に乗ったのは初めてです。震えて立てないよぉ」

「儂は人じゃぞ」

移動術に慣れていなかったらそんなものか。スティラを少し休ませてから目的地へと向かう。

「クロスさん、ここはなんですか？　野営所ですかね。こんな山奥になんでこんなものが」

「ふむ、おぬしにはそう見えるか」

正解と言えば正解じゃな。

「かつて世界中を旅する浪人がおった。人嫌いだったその男は人里離れた野営地を作り、様々な研究を行っていたんじゃ」

今や若返り、名を変えてしまった男が残した物である。前世の儂が旅の間に寝泊まりしておったんじゃ。街の宿屋は人が多くて好かんかったのでな。

「へぇ、初めて知りました。あ、本当だ。調薬道具に鍛冶場、水場までちゃんとあります」

主に旅で採ってきた薬草で薬を作ったり、武器となる刀をここで打ったりもしたわ。火と水さえあれば生きていけるからのう。

「この調薬道具、全然劣化してない。野ざらしなのになんで……。しかも現存の物より性能が高いなんて」

ほぅ、さすがスティラ。見分けたか。それらの物品は儂が作った特注品じゃ。自然劣化を妨げる風魔石を混ぜ合わせて合成しておる。二百年生きた儂が剣と薬草作りしかできないと思うな。物作り系も網羅しておるわ。特に刀の鍛錬はお手の物じゃ。一時期は街の鍛冶師を頼ったこともあったが、偉そうなクソガキどもが講釈垂れるのが気に入らないので自分で作ると決めた。そうして自分で作れるようになってから刀だけではなく暇つぶしに剣や杖やその他部具を作ることもあった。結局刀しか使わないで野営地の草っ原に捨てていくんじゃがな。

「ステイラ。その道具、持って帰っていいぞ」

「いいんですか！　でもこれ……たぶん国宝級ですよ。わたしなんかが……」

「作った者もおぬしならいいと言うじゃろう」

作った本人の儂が言うんだから間違いない。前世と違って人嫌いが直った今、こんな人里離れた所で野営地を作る必要もない。前世の儂が作った物は必要とする若者が使えばええと思う。

「そこの壺の中に薬草があるはずじゃ。持っていくがいい」

「はい！　わぁっ、すごっ。貴重な薬草ばかりじゃないですか！　全然劣化してないし、品質もすごい」

旅して持ちきれない物をここに置いておったからな。こういう野営場を儂は世界中に作っておる。この世界だけで十カ所くらいはあったかな。今回は調薬関係だけ手を入れればいいか。

鍛冶場は放っておこう。必要な物を回収し、そろそろ戻らねば日が暮れてしまう。さすがに日が暮れた山を下るのは避けたい。

「ステイラ、そろそろ都へ戻るぞ」

「はい！　あの……クロスさん、一つ聞いてもいいですか？」

「なんじゃ」

　スティラは真面目な顔で儂に問いかけてくる。

「どうしてこの場所を知ってたんですか。クロスさんは水都をあまり知らない感じでしたから、この地方出身ではないですよね」

「うむ、そうじゃな」

「そして先ほどの浪人のお話。つまりクロスさんは」

　スティラは見抜いてしまったようじゃな。儂が前世の記憶を持って若返ったその浪人だということに。まぁバレたところで問題など……。

「その方のお孫さんなんですね！」

「……」

「もしお会いできるなら調薬道具に薬草諸々御礼を言いたくて……」

「もうこの世にはおらんよ」

「あっ……。そうですか。お会いしてみたかったです」

　勘違いしてるみたいだが、死んではおらんがな。はぁ、やはり若返った本人である発想には至らないもんじゃな。儂も自分みたいな存在がいるとは思っていない。通りかかる赤子みんな、若返ったとか思うわけがない。

「また時間ができたら掃除しにここへ来ますね！」

「不要じゃよ。このまま風化させたらええ。おぬしにはおぬしのやることがあるじゃろ」

「……そうですね。帰ったらすぐにポーション作りに取りかかります。わたし、頑張ります！」

「よし、その意気じゃ」

儂はスティラを再び持ち上げて、抱える。

「あのクロスさん。できればもうちょっとゆっくり……」

「よし！　通常の三倍の速度で帰るぞ」

「……え？　三倍。ってひゃあああああああああ！」

三倍とは言わないが一・三倍くらいにはなったと思う。到着した時、スティラは気を失っていた。気を失ったスティラを叩き起こして調薬の準備をさせる。野営地より回収した道具に薬草を並べて、スティラは調薬作業を開始した。儂ができることは見守るのみよ。

「この調薬道具すごいですね。最新式があるポンポーティィル家のものよりも性能がいいです」

「いいものを作るのにはそれなりの物がいるんじゃ」

「薬草だって特定の場所でしか入手できないものばかり！」

「エストリア山やミッドワルツ大森林くらいじゃろうな」

スティラは笑みを浮かべ、楽しそうな顔で調薬を行っている。教会の時は悲しそうな顔をしておったからな。やはり子供は笑顔に限る。……そんな笑顔を奪おうとした者どもは許せんな。

スティラは手際良くポーションを作成していくが、やはり初めて挑戦するだけあって随所で悩むところがあった。レシピ通りでもこういうところは技術が必要だ。

「……難しいですね」

「うまくやれてると思うぞ。ここはこうやるといい」

少しだけアドバイスをしてやる。スティラの顔に近づき、手に触れ、感触を伝えるようにする。

「か、顔が近いです」

「近づかなければ教えられんだろう」

「うぅ……やっぱりクロスさんはお祖父ちゃんには思えないです」

老練の人生を歩んできたというのに残念じゃ。顔を真っ赤にしたスティラは儂の手が触れるたびに過敏に反応していた。緊張しておるのか？　まぁ初めてエクスポーション作るのじゃから当然か。そして。

「できた……」

「うむ、いい色のポーションじゃ！」

赤くとろみのある液体を瓶に注いでいく。純度が高く、回復効果も期待できるまさしくこれがエクスポーションだった。スティラの瞳からぽとりと涙が流れていく。

「あはは……なんか涙が出てきました。まさか本当にできると思っていなくて……」

「正真正銘おぬしが作ったエクスポーションじゃよ」

「子供の頃からずっと研究したいと思っていて、邪魔をされて……家を追放されて、でもこうやって作ることができました。全部クロスさんのおかげです」

「儂は多少手助けしただけに過ぎん。おぬしの生きた十五年の成果じゃよ。さ、本番で失敗しないようあと二、三回は作れるようにならないと」

　ステイラはこの後、時間の許す限りエクスポーションを作り続けた。やはり一回作り上げた後はスムーズに作れるようになり、失敗なく二本目、三本目と完成していく。才ある者は一度完成すれば安定感はばっちりだ。これで明日の挑戦に希望が見えそうだ。

　エクスポーションを作成した頃、日はどっぷりと更けてしまっていた。お互い軽い食事を済ませ、明日に備えて寝る時間が迫ってきた。

「おぬし、今日の晩はどうする？　実家へ戻るのか」

「もう実家には戻らないつもりです」

　ステイラの視線の先には大きな鞄が置いてあった。用意したには早すぎる。事前に準備をしていたのじゃろうな。低ランクなら花嫁修業をやれとリドバは言っておった。幸か不幸か逃げ出すための準備をしていたのが結果としては良かったのか。

「この研究室は家出先でもあったのでベッドもあるし寒さも防げるので安心なんです」

「そうか。なら儂は適当な宿を探すとしよう」

「あ……」

　研究室を出ようとするとステイラは寂しそうな顔を浮かべた。

「すみません。一人きりになったら不安になってしまうかもって」

　成人者とはいえ十五歳の子じゃ。心細いのは当然か。儂がいなくなったら完全に一人ぼっちになってしまう。子供を安心させてやるのも大人の務めじゃな。

「わかった。今日は儂も傍にいよう。明日は忙しいからな」

「あ、ありがとうございます。そうだ。わたしに付き合ってくれてるわけですし、クロスさんがベッドを使ってください！　毛布もあるので寝心地いいですよ！」

「何を言っておる。明日はおぬしが戦うのじゃぞ。儂は床で構わん」

「そんなだめです！　クロスさんのおかげでエクスポーションだって作れたのに……。だ、だったら一緒にベッドで」

スティラはちょっとおろおろしながら首を傾げた。

「寝ます？」

そんなことを言われたら儂はこう言うしかない。

「そうか！　おぬしがいいなら一緒に寝るとするかのう」

「……。え？」

なぜ提案したおぬしが驚く。


【スティラ視点】

わたし、スティラ・ポンポーティルは正直なところ男性に免疫はないほうだった。昔からぼっち気質で、家の従業員の年上の方とは仲が良かったけど同年代の友人はできなかった。

正直、昔からポーション研究に精を出していたのでそういう関係に無縁だったのだ。従業員の方からは可愛いとか胸だけで世界を取れるとか言われたので全く魅力がないわけではないと思うけど、それでも自信があるわけではない。

研究室のある建物は水場もあるので体をしっかりと綺麗にしておいた。これから同い年の男の子と同じベッドで寝るのだから当然だ。友達ができるより先にそういうえっちな経験のほうが早いなんて思っても見なかった。こんなことになるならダイエットしておけばよかった！　わたし、ちょっとふくよかな体型だし！

着替えはわたしが持っている中で一番えっちな寝巻だ。従業員の大人達にそそのかされて買ったもので、胸をかなり強調させるデザインなのでとても恥ずかしい。でも男の子はこういうのが好きって聞いたことがある。

ベッドのある研究室に戻ってきたらクロスさんは座って夜空を見上げていた。同い年なのにとても落ちついていて、実家で誰も逆らえないリドバさんに物怖じしないすごい胆力の人。薬の知識もすごくて……きっとわたしよりもたくさんの経験をしているんだと思う。そんな人に守ってもらったら、出会ったばかりだというのにやっぱり惹かれてしまう。

「戻ってきたか」

優しげな声で言われ、胸がドキドキとする。

「あの～」

「なんじゃ」

「いや、なんでもないんですけど」

せっかく髪とかしっかり洗ったし、服も決めてきたのになんのコメントもないんですか！

髪をかき上げたり、体を揺らしてアピールするも何も気づいてくれない。むむむ。まあわたしなんてどこにでもいる平凡な娘だし。わかってたけど。

「可愛い服着たのに……」

「服？」

クロスさんがじっとわたしを見る。

「ああ、寝間着にしておったのだな。ピンク色で目を惹くが、よく似合っておる。ステイラがとても可愛く見えるぞ」

「〰〰〰〰っ！」

そんな歯の浮くセリフを恥ずかしがることなく言えるんですか！　本当に十五歳ですかあなた！　でも嬉しくてたまらない。わたしやっぱりクロスさんのこと。

「さて、そろそろ寝るとしよう」

クロスさんはベッドの中に入り、掛け布団を広げた。

「狭いがまぁ二人分ならなんとかなるじゃろう」

こんなシングルベッドじゃ手足とかわたしの胸に当たってしまうじゃないですか！　これはもう絶対わかってやってるに違いない。今日、わたし……抱かれちゃうんだ！

「さぁ、はよ来い」

掛け布団を広げられ、そんな誘われ方したら逃げられない！　わたしはゆっくりとベッドに入る。クロスさんと目が合って顔が真っ赤になりそうだった。なんかずっとクロスさんがわたしを見てるんですけど！

「ふむ、スティラ。おぬし、まつげが長くて瞳がとても綺麗じゃな、可愛いぞ」

「ふぁいっ！」

わたしは目を合わせられないのになんで平然としていられるの。

「灯りを消すぞ」

ランプの灯りが消されてわたしは覚悟を決める。ここから始まるんだ。今日、わたしは真の意味で大人になる。狭いベッドに男女が二人、すでに手足が当たって体温を感じる。きっとこのまま抱きしめられて……体中をまさぐられる。

「ぐぅ」

はずだった。

「え？」

「ぐぅ」

クロスさんは完全に寝入っていた。スヤスヤと気持ち良さそうに寝息をたてている。

「おいこらぁ」

この状況で即行寝入るってありえる？　もしかしてこの人、わたしのこと女と思ってないんじゃ。そう思うとやけに素直に一緒に寝ることを了承したのも頷ける。はぁ……。色ぼけしてたのはわたしだけだったみたい。わたしも寝よう。

「……スティラ、頑張るんじゃぞ」

寝言とともに軽く腕に抱かれて、髪を撫でられてしまう始末。

男の子の腕ってこんな感じなんだ。わたしのことを女と思っていなくてもわたしはクロスさんを男と思っている時点で。

「こんなことされたら眠れないじゃないですかっ！」

悶々《もんもん》としたまま眠れない夜を過ごすのであった。

「ふぁわぁぁぁあっ！」

快眠じゃな。明朝、目覚めると体が何かに当たっている。隣には何かにうなされ寝不足なスティラの姿があった。ああ、そうか一緒のベッドで寝たんじゃったか。スティラの瑞々《みずみず》しいほっぺに触れてみる。やはり年頃の子は可愛い寝顔じゃのう。孫と一緒に寝ているような気分じゃったわ。孫を溺愛する爺の気持ちが最近よくわかるわい。村におった妹たちも小さい頃は一緒に寝てくれていたが最近は恥ずかしがって寝てくれんかったからのぅ。兄分は寂しい。

「うぅん」

「起きたかスティラ」

「あ、おはようございま……えっ、なんでクロスさんが⁉」

スティラが目を覚まし起き上がるが儂がベッドにいることに混乱し始める。まだ寝ぼけておるようじゃ。コラコラそんなに暴れたら……腕が。むにゅんと指がスティラの大きな胸に触れてしまう。しっかし大きな胸じゃのう。何を食べればこうなるんじゃ。五本の指がその大きな胸にめり込んでしまう。

「ひっ！」

指に力を入れたから完全に起きてしもうたの。しかし左胸だけ診るのはよくないか。そのまま右手もスティラの胸に添えた。

「ひゃわっ！」

三回ほど揉んで、うん、問題ないな。スティラは顔を真っ赤にさせていた。

「あああああああ……」

「しこりもなく健康そのものの胸じゃ。いい母乳が出せるな！」

「嫌ああぁっ、死んでくださいっ！」

「おふっ」

とんでもない張り手が飛んできて、さすがの儂も意識を飛ばされそうになった。

「まったく……もう」

　スティラは顔を紅くして怒ってしまう。つい、いつもの医療行為のつもりでやってしまったわい。故郷では医者がおらんかったから儂が村人たちを診察しておった。正直、スティラのような子供の胸に発情などせんのだが。

「誰にも触られたことなかったのに……」

「どうせ授乳の時に触られるんだから気にせんでええぞ」

「何の話してるんですか！」

　挑戦の時間までまだ少しある。早めに教会へ行き、準備を整えなくてはならない。調薬道具に野営地から持ち帰った薬草類、品質のいい水も確保しておる。ただ何事もうまくいかないのが常じゃ。たとえば外に出るとこんなことがある。

「お、ようやく出てきたなぁ。こんなところにいるなんてな。捜したぜぇ」

「へへっ……」

　研究室を出た途端、ガラの悪そうな男たちに囲まれてしまう。外に何か不吉な輩《やから》がいるのはわかっていた。やはり儂もここで泊まっていたのは正解だったようだ。スティラは不安そうな顔で儂に寄る。

「な、なんですか……」

「悪いが金もらってるんでね。オレたちと遊んでもらうぜ」

「儂らの邪魔をしようとしているようじゃ。リドバの差し金ということか」

「そんな……。そこまでするんですか」

「男のほうは戦士の才能Fランクらしいぜ。ザコだろ」

「女の子のほうはめちゃくちゃ可愛いじゃん。胸もでけぇし……楽しめそうだな」

金で雇った不良どもか。スティラの才能を信じてなければこんなことをしてこないと思うが、リドバはおそらく……。

スティラは戦闘能力がないに等しい。儂が守ってやらねばならんな。まぁいい。腰に携えた刀を抜こうかと両手を持っていく。しかしすぐに必要ないと判断した。

理由は簡単なことじゃ。

「邪魔。どいて」

その瞬間、男たちはぱんと空中に飛び上がり、そのまま力なく地面に落ちていった。俊足の一撃、見事なものだ。複数の男たちを一瞬で叩きのめした銀髪の美少女はパンパンと手をはたきこちらにやってきた。

「やっと追いついた」

強さと美しさを重ねた彼女、シャルーンの登場は儂らの戦いに対して大きな力になりそうじゃ。

「よくわからないまま乱入したけど、女の子を襲おうとしてたしこれでいいわよね？」

「ああ、助かったぞ。シャルーン」

「クロス、昨日ぶりね」

現れたのはフィラフィス王国の第二王女で王国の騎士でもある才女、シャルーンだ。一昨日の戦いの後、近隣の村で休んでいると思っていたがなぜここに来たのだろう。

「おぬしは立場的に王都に戻るのではなかったのか？」

「えっと……」

シャルーンは頬を赤らめドギマギし始めた。

「昨日の今日ならまだ間に合うかなって思って、あなたに会いにきたの」

「成人の式はもう終わったぞ？」

「そ、そういうことじゃないから！」

どういうことじゃ？　やはり若者はよくわからん。するりと儂を横切りスティラはシャルーンに近づく。

「あの……危ないところを助けていただきありがとうございます。すごくお強いんですね！とても綺麗で見惚《みと》れてしまいました」

「ふふ、王国騎士として当然よ。あなたにケガがなくて良かったわ」

シャルーンは凛々しい姿でスティラに告げる。こういう姿は本当に姫騎士って感じじゃな。

「騎士の方なんですね！　すごいですね、まだお若いのに」

「シャルーンは儂らと同い年じゃぞ」

「そうなんですね！　あ、わたしはスティラ・ポンポーティルと言います。シャルーンさん、よろしくお願いします」

「あなたも同い年……。へぇ……あ、でもその胸ならそうか」

顔を見てから胸を見るんじゃない。まぁ童顔だけ見ればスティラの見た目は未成年の妹たちとそんな変わらないからな。

「でもシャルーンさん、どこかで見たような」

「騎士として有名になったってことかしら」

第二王女であることはわざわざバラさないようじゃ。シャルーンは赤トカゲと戦っていた時のような騎士鎧ではなく、ゆったりした可愛らしい衣服を着ておるしスティラも気づかんじゃろうな。シャルーンはスティラの手を取った。

「ねぇスティラ。私、同い年の知り合いが少ないから良かったら私と友達になってくれない？」

「え、嬉しいです！　シャルーンさんのような綺麗な方とお友達になれるなんて感激です」

「あなただってすごく可愛らしいじゃない。よろしくね」

同い年で同性なこともありあっと言う間に仲良くなったな。儂ももっと同性の同い年の奴らと絡むべきじゃっただろうか。でもFランクの才能なしって言われて馬鹿にされてしまったしどうにもならんな。

和やかな雰囲気で手を繋いでいた二人じゃったが、突然シャルーンの表情が鋭いものになり、儂を睨む。

「それで？　クロスとスティラはど・う・い・う関係なのかしら」

「何か怒ってないか」

「べっつにー。会えたと思ったら巨乳美少女と一緒にいるから気になっただけだし」

もしや友達になったのはそれが目的？　まぁどうでもいいか。シャルーンはつーんと腕を組んで、視線を背けた。

「儂とスティラはそうじゃな。薬師仲間じゃよ」

「じゃあ……私とあなたは？」

「剣士仲間か？」

「ふふーん、まぁ許してあげるわ」

許される意味がわからんがまぁ、こういう時に女子に反論してもいいことがないのは知っている。黙っていよう。シャルーンは倒れている男たちに目を向ける。

「それで、何に巻き込まれたの？」

これはシャルーンにも話しておいたほうが良さそうだな。儂らは教会へ向かって歩きながら、昨日と今日あったことを話した。

「神託の才能なんてあくまで指標でしかないのに。王都以外ではそんなことになってたなんて知らなかったわ」

「王都の教会は違う感じなんですか？」

「え、ええ……。私の場合は特別だったから」

シャルーンは王女だ。王族が参加するような成人の式は普通とは違うんじゃろうな。

「おぬしの才能はどうじゃった？　やはり最高ランクだったのか」

「神託なんて受けてないわよ。そもそも受ける必要ある？　二歳から剣を触ってるのに」

それは納得。才能のありなし関係なくシャルーンはすでに騎士として評価を得ている。これまでの実績があるのだから才能の判定なんて無意味なものじゃ。シャルーンはそっと小柄なスティラを抱く。

「つらかったよね、家族にいらないって言われるなんて……。私はスティラの味方だから、困ったら頼ってて」

「シャルーンさん……嬉しい」

お互い涙を浮かべ、支え合う。感受性の高い若者ならではってところか。儂はスティラを支えられても、ともに悲しむことはできん。潜在的な年齢差が憎い。

儂ら三人は教会の近くまで来て立ち止まる。勝負はよほどのことがない限り敗北はないと思う。しかしそれだけでいいのか。ただ勝つだけではスティラが傷ついた事実しか残らない。才のある者が正当な評価を得て、やってはいけないことをした人間に罰を与えるのは当然だとは思う。ならば……もう一つ手を打ちたいな。

「シャルーン、おぬしに頼みたいことがある」

「私に？」

「ああ、おぬしにしかできぬことだ。是非とも頼みたい」

「そんな真っ直ぐな眼で見られたら……もう、引き受けるしかないじゃない」

顔を紅くして体をくねらせて受ける必要はないと思うがの。

「……シャルーンさんってもしかしてクロスさんこと」

「できるだけ早く後で指示する〝魔獣の肝〟を取ってきてほしい。おぬしの力なら狩ることができるはずじゃ」

「ないとまずいものなら、あなたと私で狩ったほうが早いんじゃないの」

「なくてもいいんじゃ。ただ先の襲撃があった以上、スティラを一人にしておけぬ。頼めるか」

「はぁ。私にそんなことを頼めるのはあなたくらいよ。でもあなたには大きな借りがあるしね。わかった、引き受けるわ」

「助かる。ただ無理をしてはいかんぞ。病み上がりなのだからな」

「大丈夫よ。一応王国きっての騎士として名を売ってるんだから。でも私の騎士剣は折れちゃってるから、あなたの小太刀を貸してくれない？　すごく使いやすかったし」

儂は予備の刀である小太刀をシャルーンに渡す。シャルーンに討伐対象の説明をし外の方へ向かってもらった。魔物を引き寄せる薬も渡してやったからいけるはずじゃ。間に合えばさらにスティラにとっていい方向に進むに違いない。

「スティラ、決戦時じゃ……。行くぞ！」

「はい！」

儂とスティラは教会の中へ入った。いよいよスティラの挑戦が始まる。

教会に到着した儂らはシスターたちに許可をもらい、ポーションの精製の準備を行った。薬草から精製水、機材一式全て準備完了だ。教会も騒ぎのきっかけとなった責任を感じているのかもしれない。そう思うならFランクを強調して叫ばないでほしいものじゃが。

定刻の十時となったがまだポンポーティル家の者たちは来ていない。ただ、昨日の騒ぎの結果を見ようと教会には大勢の観客が集まっていた。儂らFランクの才能なしが無力である様を眼に焼き付けるためにここにいるのか、それとも名家ポンポーティル家に対する下剋上《げこくじょう》を期待しているのか。

「ポンポーティル家の当主が来たぞ！」

ようやく現れたか。一番前を当主のリドバ・ポンポーティルが歩き、スティラの再従兄弟であるウェーウエルという小僧が隣を歩いている。リドバはどっしりと椅子に座り、ギロリとこちらを睨み付ける。スティラは威圧されて眉をひそめるが安心せい、大した男ではない。リドバの孫であるウェーウエルが前へ出てきた。

「逃げずにやってきたとはいい度胸じゃねぇか、スティラ」

「ウェーウェル君……」

「この場でおまえの無能さを証明し、ポンポーティル家から追放されたことが当然だったと全員に知らしめてやる！　覚悟しやがれ……」

「どうしてそんなこと言うんです。たった一人の再従兄弟同士じゃないですか」

ウェーウェルの言動はちょっと行きすぎているように思える。再従兄弟って同い年であれば仲良くなるものだと思ったが。

「うるせぇ！　生まれた時からずっとスティラは目の上のたんこぶだった。いつも偉そうにして、ポーションが作れるってことで自慢気になってオレを見下していた！」

「見下してないです！　それにあなたがわたしに教えてほしいと頼んで」

「オレはBランクの才能を持ってるんだよ。おまえなんぞに教えを請う必要なんてない！　Fランクの無能はとっとと出ていけ！」

才能は実績ではないのだがそれもわかってないとは本当に成人者なのか？　劣等感に苛まれているのかもしれんな。

スティラと目が合う。儂はすぐにでもエクスポーションを作り、鼻を明かすべきだと言ったがスティラはそれを断った。

最後の最後に当主の良心を信じたいとそう願ったのだ。本当に優しい子じゃな。儂は一歩前に出る。

「スティラ。ポーションの作成を開始するんじゃ。おぬしの全力を見せてやれ」

「はいっ！」

スティラは野営地から持ってきた薬草と調薬器具を使ってポーションの精製を開始する。調薬器具は現代の技術では再現が難しいものとなっている。百二十年前に起きたある事件によって失われた技術というやつじゃな。二百年生きてきた儂にしかできんこともきっとあるじゃろう。全く淀《よど》みのない手際のいい動きに工程が進んでいく。

「本当にFランクなのかよ。めちゃくちゃ手際良くないか」

「オレだったら絶対あんなことできねーぜ」

そう。本当にFランクだったらこんなこともできないんじゃよ。スティラの力量を信じず、認めない愚か者どもにおぬしの力を見せてやるんじゃ。三つの瓶にできあがった緑色のポーションを詰め込んで完成させた。今回作ったのはポンポーティル家で売り出されている最上級のハイポーションだ。色、ツヤ、申し分ない。

「では……わたくしが見せていただきましょう」

今回判断をしてもらうのは、この水都で商人をやっている鑑定人のボンドという男。いきなり現れてびっくりしたがその目利きは本物だ。誠実な仕事ぶりでこの場の審判役として手を挙げてくれたのだ。当然鑑定人は贔屓《ひいき》などしない。自分の仕事に影響が出てしまうからだ。ボンドはスティラの作ったポーションを確認する。ゆっくりと瓶を振って、その色つやを眺めていく。

ボンドはポーションを置いてスティラを見た。

「このポーションは最高級のハイポーションで間違いありません、すぐに売りに出せるレベルです」

「ふぅ……」

スティラは安心したように息を吐く。

「マジかよ。Fランクの才能なしがポーションを作りやがった！」

「すっげー。本当に才能ないのかよ」

わいわいと観客から声が上がっていく。さぁ……ポンポーティル家はどう反応する。この後の展開はそれ次第だ。ウェーウェルが一歩を踏み出した。

「こんなのインチキに決まってる！　Fランクのスティラが作れるわけがねぇっ！　買ってきたやつとすり替えたんだろ！」

「精製するところを見てまだそんなことを言うんですか。ポンポーティル家の人間のあなたが」

「普通考えたらそうだよな。Fランクが作れるはずないし」

「手品の才能Aランクなのかもしれないぞ」

やはり信じられないという人が多いか。そういった声が上がってくるのは想定しておった。でもそれをポンポーティル家の者が言うのはスティラにはきついじゃろうな。だが雑魚《ざこ》が何を言おうと関係ない。当主であるリドバが認めればそれで終わりなんじゃや。

全員の視線がリドバに集中し、リドバの口は開いた。

「貴様らが立てた基準はエクスポーションを作ることだ。それ以外のポーションを見せたところで覆るはずがない」

「そ、そうだ。祖父《じい》様の言うとおりだ！　買ってきたポーションで騙せると思ったら大間違いだろ」

「リドバさんならわかるはずでしょう！　この工程でハイポーションを作れる人が会社にどれ

だけいると思ってるんですか」

　スティラは苦しそうに涙を浮かべ、叫ぶ。それに応じたのウェーウェルだった。

「そんなのレシピがあれば誰でも作れるだろーが！」

「普通のポーションもまともに作れないあなたは黙っててっ！」

「オレはBランクだ。今は作れなくてもすぐに作れるようになるんだよ！」

　二人が言い合う中、儂はリドバに声をかけることにた。

「リドバ・ポンポーティル。本当におぬしはスティラを認めない気か」

「Fランクの才能なしを認める気はない」

「……おぬしは最低だな」

「黙れ小僧！　わしが誰かわかってるのか！」

　リドバに苛立ちが見える。激しい剣幕での言葉、スティラもウェーウェルもその言葉の圧に怯え、黙り込む。野次を飛ばしていた観客もしーんと静まってしまった。

　黙らなかったのは……そう、儂だけだ。

「貴様こそ七十年しか生きていない童《わらべ》同然じゃろ。儂に口答えをするなど百年早いわ！」

「っ！」

　リドバは儂の気迫に押されたのか後ずさり黙り込む。儂も一度息を吐いて怒りを落ちつかせることにした。これはスティラの戦いだ。儂はあくまでフォローの立場を崩してはならん。

「スティラ。もういいか」

「はい。譲歩はしたつもりです。彼らを信じようと思った私がバカでした」

ここでスティラを認めていればよかったんだ。そうすれば丸く収まっていた。優しいスティラが傷ついただけで終わっていたんだ。もうスティラは止まらない。

「リドバ、見るがいい。スティラの作るエクスポーションを！」

「まさか、本当にエクスポーションを作ることができたのか！」

リドバは慌てて立ち上がるが、もうスティラが止まることはない。

「絶対ウソに決まってる！　エクスポーションを作れるのは祖父様だけなんだ！」

だからリドバは作れておらんじゃろうに。スティラは儂のレシピ通りに薬草を並べて下処理を行っていく。すでに改良にも取りかかっており初めて作り上げた時よりもスムーズに精製を行っている。素晴らしい才能じゃな。恐ろしいほどの成長スピード。きっとスティラはすぐに儂よりも優れた薬師になるじゃろう。ポーションはあくまで始まりに過ぎぬ。薬師としてたくさんの薬を作成し、人々を救っていくに違いない。

「……」

リドバの動きが怪しいな。儂でなければ見逃していたぞ。手を動かして、何かを指示している。ここでの指示は……おそらく。

「ヒャッハー！」

観客の中から急にナイフを持った若造が飛び出してきた。狙いは当然スティラである。スティラはポーション精製に集中しており、その接近には気づかない。瞬きほどの時間の間隔。

ナイフを持った男は……。次に観客が目を開いた時には場外へ飛ばされていた。

「邪魔はさせんよ」

即刻蹴り飛ばして妨害を防いだ。儂がいる限り、どんな攻撃もスティラには通さない。ただこう邪魔が何度も入るのは面倒じゃ。観客の中からこちらに狙いを持つ不審者を判別せねば。儂ならばこの大勢の中から特定の不届き者だけを断つことができる。伊達《だて》に二百年生きているわけではない。軽いものじゃよ。

「ふん！」

太刀を一瞬抜いて不届き者にだけ意識を刈り取る。観客の目には急に男が倒れたと思うだけじゃろう。そのまま鞘に戻してスティラを見守る。さて、これで物理での邪魔は一切通さない。

「ブオオオオオオっっ！」

ふむ、物理的な邪魔は阻止されるから大きな音や振動を出して邪魔をしようということか、だがまだまだ考えが浅いな。才ある者がなぜ評価されるかわかるか？　そう失敗しないからだ。音が出ようが振動をしようがスティラの集中力は揺るがない。その成功率が才のある者の証だ！　スティラは言っていた。一度作成できたポーションは二度と失敗しないと。

「できました。エクスポーション！」

スティラはポーション瓶を三本机の上に置いた。赤くとろみのあるポーションができあがっており、非常に純度が高い。誰か見たって成功したということがわかる。

鑑定人のボンド氏がエクスポーションを手に取る。それを眺めて瓶を振り、一本封を開けて小容器に移して口に含む。舌で味わった後、ポーションを机の上に置いた。

「このポーションは既存のあらゆるポーションの効能を超えています。まさしくポンポーティルが所有しているエクスポーションと同等であると証明致しましょう」

「おおおおおおっ！」

観衆から賞賛の声が上がる。五十年成し遂げられなかったエクスポーションの精製をFランクの薬師が成し遂げたことに驚喜の感情が溢れ出しているようだった。全力を尽くしたスティラと目が合う。

「えへへっ」

お見事。いい顔をしておる。対するポンポーティル家の奴らは唖然《あぜん》とした顔をしていた。

「バカな、エクスポーションを作れるはずが」

「意味わかんねぇ。なんであんな無能がエクスポーションを作れるんだよ」

「あれ、もしかしてもう終わっちゃった？　ねぇ、あなたわかる？」

突然現れた銀髪の美少女がウェーウェルに声をかける。

「うるさい！　黙りやがれ、誰だよおまえはっ」

思考を邪魔された怒りをぶつけたっぽいが、相手が良くなかったな。銀髪の彼女は明らかに苛立った顔を見せた。

「誰って。王国第二王女シャルーン・エルラ・フェルステッドですけど。黙っていればいいのかしら」

「王女様っ!?」

全員の声が響き渡る。その言葉にウェーウェルは驚きすっころんでしまった。シャルーンを知る若造たちが驚きの声を上げる。信じてないわけではないが、本当に王女だったんじゃな。

「え、シャルーンさんって王女様だったんですか。うそ、わたし失礼なことを……」

スティラも驚いてるようだった。儂はシャルーンに近づく。

「シャルーン、ご苦労じゃったな。いいタイミングで来てくれた。物を預かろう」

「うん、お願いするわ」

「ん？　シャルーンおぬし、怪我をしているのか」

シャルーンの頬に切り傷ができており、血がにじんでいた。

「ちょっとドジしちゃってね。問題ないわ」

「だめじゃよ。せっかく綺麗な肌をしておるんじゃ。大切にしろ」

「綺麗だなんて、もう照れるじゃない」

儂は手持ちからヒーリングサルブを取り出して、シャルーンの肌に塗ってやる。

「え……クロスさん、それ」

「何か言ったか？」

「……なんでもないです」

なんだかスティラがチラチラ見ている気がするが、まぁええか。傷が治ったシャルーンはスティラに近づく。

「スティラ、おめでとう」

「あ、ありがとうございます。シャルーンさん。……じゃない、シャルーン王女殿下」

「もう、私たちは友達なんだからそんな仰々《ぎょうぎょう》しく言わないで。さん付けのままでいいから」

「……わかりました。ありがとうございますシャルーンさん！」

さて、役者は揃ったようだ。今回ポンポーティル家の挑戦に打ち勝つというのが主目的であるが、今の神託が続くのであればまた別の家で同じようなことが発生するに違いない。それをなんとかしなければならない。もう若者が犠牲になってはならんのじゃ。

「ここにいる全員、聞いてはくれぬか」

観衆、そして仲良さそうに話すシャルーンとスティラも儂に注目をする。

「知っての通り、Fランクの才能判定を受けたスティラ・ポンポーティルが五十年誰も精製することができなかったエクスポーションを作り上げた。本当に彼女は才能がない……そう思うか？」

「そんなわけないよな……」

「むしろ才能がありすぎるくらいだ」

「でもCとかD、Eの人は才能の信憑性《しんぴょうせい》があるみたいだし」

観衆の意見もごもっとも。儂は大きく手を挙げ、声を出した。

「ここで一つの仮説を提示したい。あの神器はもしかしたらAランクを超える才能を見つけた時、天井を超えて反転し、Fランクと判定するのではないか」

どよっと声が上がる。

「そこでだ。ここにシャルーン王女がいる。皆も知ってのとおり、王国最強と言われた彼女は間違いなく戦士の才能がある。彼女が神器に触れた時、どうなるか……見てはどうだろうか」

シャルーンは神器に触れたことはないと言っていた。だから結果は誰もわからない。

「王家として許可をするわ。反転なんてしてたら王国にとって重要な才を取り逃すことになるから」

シャルーンの言葉にシスターたちは準備を始め、神器を用意する。神託の始まりだ。シャルーンは観衆に見守られながらシスターの神託を受け、神器に触れる。

「シャルーン殿下」

「はい」

「あなたの戦士の才能は……」

儂は目を瞑りその先を聞いた。

「Fランクとなります……」

「そう、クロスの仮説は当たっていたということね」

儂はその結果をもって再び声を上げた。

「Aランクより希少なFランクはむしろ、より特別なのではないか？　もちろん才能が本当にない本来のFランクの可能性もあるだろう。だが……スティラはそうではないだろう」

「クロスさん……」

「ゆえにAランクより価値の高いSランクの認定を要求する。スティラのプロフカードを変更してほしい」

儂の訴えにシスターたちは少し混乱を見せた。いきなり言ってもというところか。今のまま終わらせてもスティラはFランクのままだ。プロフカードを証明書としているのであればそれはちゃんと修正しなければならない。

「シャルーン殿下、スティラに対して正当な評価を証明していただけませんか」

儂はシャルーンに向けて礼節をもって声をかけた。

「いいでしょう。第二王女の特権として今回特例措置でスティラ・ポンポーティルをSランク薬師認定とします。速やかに王国全土にこのことを広めFランクの成人者を再調査することをお約束します」

「ありがとうございます王女殿下」

「……。あなた、まともな言葉使えたのね。誰に対しても爺《じじい》口調だと思ってた」

「うるさいわい」

「普段無頓着なのに、ここぞって時に決めてくるのギャップ的にとてもイイわ。私好みかも」

「よくわからんが随分嬉しそうじゃのう」

それでもSランクとなるのはFランク全体の一割よくて二割といったところか。天才は稀にしか生まれないから天才なんじゃ。儂が認定されたFランクは妥当なんじゃよ。だから死ぬ気で鍛練して覚え込んだ。こうしてスティラのプロフカードは書き換えられて、一日にして最低ランクから最高ランクに変更になった。これで全てが終わった……わけではない。

儂はもう一度リドバの所へ行く。

「リドバ、貴様、本当はスティラの才能が自分を凌駕するとわかっていたのじゃろう」

「……」

「……え、リドバさん。それってどういうことですか」

ウェーウェルのようなうつけ者じゃなければわかるはずなんじゃよ。同じ薬師ならどれだけの力を持つかすぐに判別できるんじゃ。

「簡単なことよ。こやつは自分以外にエクスポーションを精製させたくなかったんじゃ。エクスポーションを精製した唯一の薬師である自分の名誉を守りたかった」

だからスティラに研究をさせなかった。Sランクの才能を持つスティラが研究をしたらあっと言う間にエクスポーションを作ってしまうのではないかと思ったからだ。リドバは何も否定せず、黙ったままだ。それは肯定と思っていい。

「そんな……そんなことのために幼い頃からわたしを迫害して！　わたしの心を痛めつけて、家から追放したんですか！」

「わ、わしは……ポンポーティル家の当主なのだ！　わしが……！　世界最高のポーションを作ったのはわしだけでいいんじゃっ！」

「ふざけないでっ！　お父さんもお母さんもお祖父ちゃんも世界中の人を癒やすためにポーションを研究して、エクスポーションができればもっとたくさんの人を癒やせるって思って。

あなたはそれを邪魔して自分だけが大事だったということですか！」

ただの自分勝手だ。皆はこいつが作ったと思っているがエクスポーションは盗み出された物。作ってすらおらんのじゃよ。それを言っても証拠もないし、もっとこいつを懲らしめる手段が存在する。今のままだとエクスポーションの作成者の名にコイツとスティラの名が残るだけじゃや。だったら一つ。

「スティラ。シャルーンがアップグレードの素材を持ってきてくれた。今すぐにやれるか」

「はい。こんな人の名前など残す価値もないです」

「な、何をする気だ！」

スティラはある魔獣の肝を手にポーションの精製を開始する。

彼女はS級の才能を持つ薬師だ。エクスポーションを作ったスティラならきっと一回で成功する。

「スティラは挑戦する。エクスポーションを超えた究極のポーション。エリキシルポーションにだ！」

【リドバ視点】


私、リドバ・ポンポーティルがその老人と出会ったのは今から五十年も前の話だ。ポンポーティル家は薬を生業《なりわい》にしている家であり、主に回復薬を中心に研究開発を行っていた。

当主だった父が病気となり、私は兄とともにポンポーティル家を支えることになった。薬作りの才能がないくせに、愛想の振りまきが得意だった兄のまわりには常に人がいた。ポンポーティル家は薬を作りあげてこそなのに、それを理解しないで人付き合いに力を注ぐ兄を心底軽蔑していたのだ。人情で人を治すことができるというのか。傷は効能に添った薬でなければ治らないのだ。

しかし死に際、父は兄を当主とすることを決めたのだ。薬作りに才のある私ではなく、兄を選んだことに深い絶望と憤りを感じていた。そんな私の気持ちを察せず一緒に家を盛り上げようとする兄の姿が癇《かん》に障ったものだった。

ある時、小さなきっかけで液体回復薬である【ポーション】の理論を確立した。ポンポーティル家の新たな商材として売り込んだがその回復量の低さと大容器でなければならない不便さで取り扱ってくれる商社はいなかった。もっと回復量が高ければ、小瓶で持ち運ぶことができれば……。私は研究に力を注いだ。王家の所有する薬草地、ミッドワルツ大森林に行けば良い薬草が手に入るかもしれないがあそこの中に行くのは堅く禁じられている。やむなく、私は貴重な薬草が手に入ると言われるフレトバ大空洞へと向かうことになる。危険な魔獣が多いがその分、見返りも大きい。ポーションの効能に有効のある薬草が見つかれば小瓶化しても回復量を維持できるはずだ。

一人ダンジョンに足を踏み入れた私だが、すぐに危機的な状況に陥る。魔獣に襲われて、大怪我を負い生存が絶望的となってしまったんだ。フレトバ大空洞には誰にも言わずに出かけた。ゆえに助けに来てくれる人はいない。ああ、ここで死ぬんだと思った時にあの老人と出会った。

「チッ、生きているか。これでも飲むがいい」

意識が薄れそうな私が飲まされたのは紛れもなくポーションであった。赤く輝くその雫は非常に濃厚で、携帯性に秀でた小瓶なのにあの量で怪我が大幅に改善したのであった。まだ体力が戻らない私のために老人はそこで野営をして面倒を見てくれた。

「なぜ私を助けたのですか」

命の恩人に対してぶっきらぼうな言い方しかできない。

白色の髪をした老人は、顔立ちからおそらく八十歳以上なのは間違いない。だが肉体は柔《やわ》ではなく、鋼のような肉体で大太刀を装備していた。鋭い目つきのなかに全てを見据えたかのような力強い瞳が見える。目の威圧だけで人を殺せるのではないかと思うほどだ。

「ただのきまぐれじゃ。儂は世捨て人。己の生き様にしか興味はない」

はっきりとした拒絶。本当に私を助けたのはきまぐれ、暇つぶし程度だったのかもしれない、私は運が良かっただけだ。

「危険な魔獣は狩りのついでに消しておいてやった。傷が治ったなら翌朝には立ち去れ」

いらぬことは言わずさっさと立ち去ったほうがいい。だけど私はどうしても聞きたいことがあった。

「私に飲ませてくれたこのポーション。これを売っていただけないでしょうか！　お金はいくらでも払います。どうか！」

「断る」

「っ！」

「儂に関わるな小僧」

これ以上の有無を言わさない声色。私はどこか温情を求めていたのかもしれない。一晩眠り、動けるようになった私は立ち去ろうと野営地から出ようとした、そのとき、近くに置かれたボロボロの鞄の中にあの赤色のポーションが二本瓶詰めされているのが見えた。

「……」

そんなことをやってはいけない。わかっている。でもあの赤色のポーションの効能は常識を遙かに超えるものだった。レシピがわからないなら盗むしかない。私なら解析できるはずだ。あのポーションさえあれば！　私はその日、過ちを犯した。

赤色のポーションを持ち帰り、エクスポーションと名付けた。そして貴重な薬草を手に入れたふりをし、このエクスポーションを私が作り出したことにして世間に公表することにした。

するとどうだろう。あらゆる人が私を賞賛したのだ。王国も貴族も周囲もあの憎き兄ですら私の偉業を褒め称えた。ああ、気持ちがいい。

　エクスポーション作製の第一人者として私は王から勲章を受けて名前を残し、私のまわりにはたくさんの人が集まった。それから全てが一変。記憶に残るエクスポーションの味を再現するために私は何度もポーションの研究を行った。その甲斐あって実用性のあるポーションの作製に成功したのだ。やはり私は天才だ。小瓶化し、エクスポーションの件もありあっと言う間にポンポーティル家のポーションは有名となり、世界で最も有名なポーションを生み出す企業として名を馳《は》せることとなったのだ。

　さらに嬉しいことがあった。憎き兄が病死したのだ。当主は私となり、全てを手中に収めた……はずだった。しかし、何年研究してもエクスポーションを再現できない。実在し、奇跡の産物という逸話があるので誰も私を疑うことはないが研究者としてはなんとか自分で作り上げたかった。そしてもう一つの気がかりは本当のエクスポーションの作製主であるあの老人。

　出会った時は八十代を余裕で超えていた。あれから随分時が経っているしおそらくもう生きていまい。今更世捨て人が訴えてこようが老人の戯言として今のポンポーティル家であればもみ消すことだってできる。だからわしはエクスポーションの研究を止め、経営一筋となり、わしの権力が安泰になった頃あやつが一本のポーションを差し出してきた。

「リドバさん、ポーションの研究をわたしにもさせてください！　これ、わたしが作ったポーションです」

　憎き兄の孫娘のスティラの存在だった。ポーション研究の第一人者だったからこそわかる。

スティラの才能は私を遥かに超えていた。まだ自分の孫であれば許せたが、兄の孫娘が私より才能に優れている事実がどうしても許せなかった。ポーションの改良にはとても長い年月がかかったのに、スティラはわずかな時間でポーションに付加効果を与える研究技術を開発した。

ポンポーティル家としては喜ぶべきことだろう。だがわしはその研究成果を全て破棄した。わしより才能のあるスティラの成功が許せなかったのだ。スティラに満足のいく研究をさせるとエクスポーションを作ってしまうのではないか。王から賜《たまわ》った私だけの名誉を兄の孫娘などに授けてなるものか。

私は徹底的にスティラの研究の邪魔をし、ポーション作製を禁じた。隠れて作っているのは知っていたがそれもなるべく禁じるように動く。スティラのやること全てを否定し、スティラの成長の邪魔をした。

そして成人の式の日、スティラにFランクの判定が下された。スティラがFランクのはずがない。そんなことは一番わしがわかっている。だがポンポーティル家から追放するのにいい理由だった。Fランク認定してしまえば薬作りなんてやる余裕はなくなる。生きることで精一杯となるのだ。他の製薬会社に入ることもままならない。だから私はこれでエクスポーションの名誉を独り占めできる。そう思っていた。

「リドバ・ポンポーティル。貴様に挑戦状を叩きつける」

あの日、あの老人と同じ髪色と瞳を持つ小僧が鋭い目つきでわしに挑戦状を叩きつけてきた。

「才ある若者を踏みにじる行為を儂は絶対許さない」

ステイラと同い年のはずの小僧にわしは恐れを抱いてしまった。あの老人が五十年の時を経て、わしに怒りをぶつけているかのようだった。

再びエクスポーションをこの目で見た日、ステイラは小僧に見守られながら新種のポーションを精製していく。

邪魔をすることもできない。さっきから王女シャルーン殿下がこちらを警戒していたからだ。王家に睨まれたら何もすることはできない。ステイラはいつ王国最強の姫騎士と知り合ったというのだ。

ステイラの精製は最終段階に入る。長年ポーションを研究してきたわしだからわかることだ。技術、使ってる機材、使用している薬草。全てが一級品だ。わしでは一生たどり着けない領域のことが今目の前で行われている。そしてステイラはできあがったポーションは瓶詰めにしていく。

私はその目映《まばゆ》さに思わず目が眩んでしまう。赤色が象徴的だったエクスポーションと違い、そのポーションは金色を示していたからだ。ステイラはエクスポーションを超えたポーションを作り上げた。

「できました！」

わしも研究者であったからかその目映い光に見惚れてしまった。

エリキシルポーション。儂も理論だけでレシピを組んだことあるが作ったことはない。
才能のない儂では作ることができないかもしれない。だがS級薬師であるスティラであれば
エクスポーションを作った経験を糧《かて》にさらにアップグレードできるはずだ。エクスポーション
の工程の中に滋養強壮《じようきようそう》の〝魔獣の肝〟を投入し、ベストなタイミングで抽出を行う。全員が見
守る中、スティラはポーションを瓶に注いでいく。エクスポーションは赤色だったのに対して、
そのポーションは金色を誇っていた。
「できました！」
鑑定人ボンドはその金色のポーションを手に取り、何度も揺らして確認していく。鑑定眼の
スキルを持っているのであればその効能も見通すことができる。そして大きく頷いた。
「お見事です。このような極上なポーションを見たことがない。値段すらつけられないことで
しょう。効能はエクスポーションを凌駕していると言い切ります。エリキシルポーションの存
在を認定致します」
おおっと観衆が騒ぎ、スティラを称える声が広がっていく。ボンド氏はシャルーンのほうに
目を向ける。シャルーンも何をすべきかわかっていたようだ。
「王家としてもその成果を持ち帰ることをお約束します。エクスポーションを超えた最高級の
品を父である国王陛下に献上しましょう。エリキシルポーションの第一作成者スティラ・ポン
ポーティルの名とともに！」

王女の言葉に、その成果は確実に現実となる。まさしく大勝利の瞬間だった。その言葉に崩れ落ちたのはリドバであった。

「わ、わしの名は……。最高品質のエクスポーションを最初に作ったわしの名は」

ボンドは首を横に振る。

「より優れたエリキシルポーションができた以上、その作成者のみが名を残すことになります」

「ああああああっっ！」

リドバは顔をかきむしるように愕然《がくぜん》とした。エクスポーションはすでにもう過去の遺物でしかない。別に過去の記録まで消えたわけではないんじゃし、そもそもおぬしは作っておらんじゃろーに。本当に自分のことしか考えておらんのだな。ポンポーティルの名は残っておるんじゃから家としては十分名誉だと思うが。

ま、家よりも自分の名を超えられたのがショックだったのだろう。もしスティラの祖父が当主だったらきっと孫娘の成果を誇らしく思ったに違いない。しかし突然、不躾《ぶしつけ》な男がスティラに近寄る。

「や、やったなぁスティラ」

「は？」

スティラの苛立った声に儂も同じことを言いそうになった。ウェーウェルがスティラにすり寄ってきたのだ。

「そのエリキシルポーションってのがあればポンポーティル家はさらに大きくなるんだろ！　今までの液体回復薬を凌駕するその性能、ヒーリングサルブにだって負けてないぜ」

あれだけスティラを馬鹿にしておきながらここに来て上げていく。リドバが使い物にならないとわかった以上、S級薬師であるスティラにすり寄っていく。あの小僧も必死じゃな。じゃが。

「言っておくけど、エリキシルポーションもエクスポーションもポンポーティル家には卸さないですよ。自分で精製すればいいじゃないですか」

「な、なんでっ！」

「なんでってわたしはもうポンポーティル家を追放されてますから。S級薬師のプロフカードもありますし、自分でポーション会社を作って流通させてもいいかもしれませんね。家には正当に評価のされない薬師もいっぱいいましたし、引き抜いちゃおうかな」

「そんなことしたらポンポーティル家は没落しちゃうじゃないか！　お、オレたちを捨てないでくれよ」

ぶちんと誰もがわかるくらい何かが切れた音がした。すごい剣幕のスティラがウェーウェルを問い詰める。

「最初にわたしを捨てたのはそっちのくせに何言ってるの！」

「え、えっと……それはスティラのことをFランクだと思って」

「SもFも関係ない！　人を才能だけで判断するような家に戻って来いって？　ふざける

なっ！」

「あ……あっ」

「もう二度とわたしに顔を見せないでください。バーカ！」

これで決着って感じじゃろうな。そしてリドバはぶつぶつと魂が抜けたかのように呟いたままだった。

「どこで間違えた……。なぜ……エクスポーションを三十年も研究してできなかったから……諦めたのに」

それが間違いだったんじゃよ。

「なぜ三十年で諦めた。どうして三十、四十年で習得したと思って学びを止めてしまうんじゃ。まだまだじゃろう。もう少し学び、スティラと協力していればきっと貴様は自分の力でエクスポーションを作れておったはずじゃ。一生をかけて研鑽しろ。そして」

儂はもう一度リドバに伝わるように大きく口を開けた。

「若者を大事にしろ。それが己の正しき未来に繋がるんじゃよ！」

騒動が終わってしまったとしても何か大きく変わったことはない。スティラは結局ポンポーティル家から出ていくし、ポンポーティル家も悪い評判が広まり、将来的に少しずつに衰退していく形にはなるだろうが今すぐ家が取り潰されるわけでもない。全体的にいい方向に進み、才ある若者たちが正当な評価を受けるだろう。

不思議とやり遂げた実感が湧く。前世二百年でも儂が動いていればたくさんの若者を助けてやれたんじゃ。だが儂は自分のことしか考えていなくてそれをしなかった。そのせいでリドバのような男が増長してしまったんじゃ。だから今世では未来を担う若者たちを儂の手で救っていきたいと思う。そう誓った。

騒動後にしれっと消えようと思っていたらシャルーンとスティラに捕まってしまう。思ったより儂のことを見ていたらしい。

「そう簡単に逃がさないわよ。あなたには言いたいことがたくさんあるんだから」

「そうです。そうじゃなきゃ気がすみません！」

「儂のような才能なしのF級戦士に何を言うんじゃ」

シャルーンが一歩前へ出た。

「クリムゾンドラゴンを討伐したことで私は国王から勲章をいただくことになったわ」

「ほぅ、おめでとう。めでたいことじゃないか」

「あのドラゴンはあなたが大半のダメージを与えたでしょう。勲章を授かるのは私じゃなくて、クロス……あなたよ」

「だがトドメを刺したのはおぬしじゃシャルーン。それにおぬしを補佐した騎士もあの村の者たちも皆、あの赤トカゲはシャルーンが倒したと思っておるよ」

「ええ、あなたが吹聴したせいでね！」

気を失って村に運び込んだ時、儂は通りがかりの旅人を装った。シャルーンが赤トカゲのトドメを刺して気を失ったので、助けたという話にした。何一つ嘘は言っていない。

「クロスさん」

「スティラ。おぬしはあのとき言ってたようにポーションの会社を創るのか？　できあがったら是非とも使わせてもらおうかのう」

「わたしはしばらく瓶ポーションの研究を控えようと思います」

「なぜじゃ。王家も認める最高性能のエリキシルポーションを生み出したのはおぬしじゃろう」

「ええ。でもエクスポーションもエリキシルポーションもクロスさんのレシピを基に生み出した物です。あなたならもっと早く生み出せたんじゃないですか。第一人者の名前はクロスさんが得るべきだったんです」

「だが作成し、鑑定人や王家に認可されたのはスティラ、おぬしじゃ。あの観衆も皆、ポーションはスティラが作り出したと思っておるよ」

「あれは勝負事の勢いでっ！　そんなのだめじゃないですか！」

S級の才能を持っているスティラならいずれエクスもエリキシルも作れたと思うぞ。

ただ儂のほうがたまたま早く生まれ、長く生きてしまっただけじゃ。

「それにクロスさんがF級のプロフカードを持っているのはおかしいです」

「そうね。私が掛け合ってあげるわ。私より強い戦士がFだなんてありえないわ」

「それがありえるんじゃよ。才能がなくたって年月さえかけえば誰でも経験は積める」

ん。

「何を言ってるの？」

その問いには答えない。年月さえかければ誰でもできるのだから儂は才能Ｆランクで間違いないのじゃ。そこははき違えてはならぬ。儂はこの子たちと同じような才は持ち合わせておらん。

「必要としておらん」

「だとしてもあなたも私たちと同じように正当な評価を受けなきゃだめよ！」

前世であれば得ても良かったのかもしれない。儂はすでに第二の人生を歩んでおる。前世の儂の力を使用しているだけなんじゃよ。もし正当な評価を得るのであれば今の儂ではなく、前世の儂の名でなければならぬ。だからクロス・エルフィドに名声はいらん。

「儂は名誉などいらん。だからおぬしたちに成果を押しつけた。それだけのことじゃよ」

「クロス」「クロスさん」

二人は儂の名を呼ぶ。二百年生きていなければありのままの喝采を受け入れたのかもしれん。しかし儂は本来風来坊のように生きる男。たとえ新しい人生になったとしてもその筋だけは曲げたくない。だが才ある若者の手助けだけはしたいんじゃ。二百年自分勝手に生きてきた男の世界に対する恩返しなんじゃよ。

「だから二人とも儂の代わりにもっと偉くなれ。そしてたくさんの人の手助けとなってくれ。困ったことがあれば儂が助けに入ろう。じゃが時代を作るのはおぬしたちじゃ」

「同い年とは思えないセリフね」

「クロスさん達観しすぎです」

人生二度目なのだから当然じゃ。ここは苦笑いで収めておこう。さて、問題はこの後じゃな。

「おぬしたちはこの後どうするんじゃ」

「私は当然王都に戻るわ。来月から王立学園に入学するからそれに通うことになるわね」

「王立学園！　世界でもトップレベルの授業が受けられる学校ですよね！」

「スティラも入学するなら大歓迎よ。まだ後期入学できるはずだし」

「あはは、学園はちょっと……。お金もないですし、研究もしたいですから」

王都にあるんじゃったな。王国だけでなく、他の国からも生徒を集める政治、剣術、魔法の全てを学ぶことができる学園じゃったか。学校へは行ったことがないからちょっと興味を惹かれるが。

「スティラはどうするのよ」

「わたしは王都の冒険者ギルドに行こうと思っています。S級になってさっそくお誘いいただいたので……」

「ふふ、当然ね」

「そこで特級薬師になって薬術の研究をしようと思ってます。素材などを冒険者経由で優先的に回してもらえる代わりに回復薬を提供するという形ですね。特にヒーリングサルブに興味がありますから」

そういえばスティラはあれに興味があると言っていたな。儂も王都に行ったら、自分以外の作成者のことを聞いてみるか？　いやどうでもいいな。若者が頑張ってるのを邪魔するわけにはいかん。

しかし冒険者ギルドか。昔父上が所属していたと言っていたな。前世ではまだなく、できた頃には人と関わらず生きてきたからな。魔獣を倒したり、素材を採取したりしてランクを上げて、世界中の未探索地に出かけて踏破していく。前世でも一人で旅をしていたからぴったりといえばぴったりだ。

「それで？」

「クロスさんは何をするんですか」

いきなりシャルーンとスティラに問い詰められる。

「うーむ、ひとまず王都で家を探して……そっからどうするか決めようかのう」

シャルーンが大きな声を出してきた。

「だったら一緒に王立学園に通いましょ。今なら受験も間に合うし、剣術だけで受かる学科もあるから！」

「しかしかなりの学費が必要じゃろう？　勉強には興味あるが」

「奨学金があるし、なんだったら私が持ってあげるから！」

「なんでおぬしが払うんじゃ」

「そ、そんなの……。もう！　あなたの実力をあなたのそばで勉強したいの。もっと私は強くなりたいんだから！」

シャルーンは王立学園へ招待してくれる。確かに学園ならたくさんの若者もいるし、才ある者もいるじゃろう。身分差などで不当な目にあう若者を助けてやれるかもしれん。学園受験……してみるか？

「そ、それか冒険者ギルドなんてどうでしょう！」

心が動きかけたところでスティラが言葉を差し込んでくる。

「クロスさんが冒険者ギルドに入ってくれたらすごく心強いです。魔獣の素材とか取ってきてほしいです！」

「うーむ、じゃがそれは他の者でもできるんじゃないか」

「それだけじゃないです。一緒に薬の研究もできるじゃないですか！　クロスさんの知識を勉強に役立てたいです！」

「儂も薬作りは好きじゃからのう。合っているかもしれんな」

スティラは冒険者ギルドを薦めてくれる。確かにギルドなら年齢バラバラだがたくさんの若者がおるし、才ある者もおるじゃろう。最近は追放される若者の話も聞くし助けてやれるかもしれん。冒険者ギルド……に登録するか。

「クロス！」

「クロスさん！」

シャルーンとスティラが迫ってくる。

「私と王立学園に通おう！」

「わたしと冒険者ギルドに行きましょう！」

二人からのお誘いを経て、儂は決めることにした。

儂は……。


「運び屋になることにした」

「なんでよ！」「なんでですか！」

儂、クロス・エルフィドは小型オンリーの爆速運送屋【ハヤブサ】に就職することになった。

【間章】

こんにちは～！　私、アイリーン・ベルヘルト。二十九歳独身！　物心ついた頃から一人ぼっちで王都の日曜学校でもずっと一人ぼっちだったの！

十五歳の成人の式で秘められた才能が明らかになるかと思ったら職業：商人Fランク認定されて馬鹿にされまくった私は見事、引きこもりになりました。きゃはっ！

はぁ……。それから十四年。引きこもりを極めた私はどこに出しても恥ずかしいクソコミュ症ぼっち喪女となってしまったのです。まー小さい頃にお母さんは死んじゃったけど、お父さんのスネかじっていければいいかなーって。あ、お父さんは運送屋【ハヤブサ】の一人社長をしてるんですよね。収入悪くないし、一応会社の経理や業務的なことをしてたので貢献はしてたのですよ。だ・け・ど。お父さんが死んじゃいました。

「お父さぁぁぁん、なんで死んじゃうのううう！　私生きていけないよぉぉぉぉ、スネかじらせてよぉぉぉぉっ！　私と代わってぇ！　私が死ぬからぁぁぁ！」

葬儀屋の人からすげー子だなと驚き、ぼやかれるくらいには錯乱してたと思います。まずいです。正直かなりまずいです。今すぐ死ぬレベルではないですが寿命が尽きるまでに貯金は間違いなく尽きると思います。別の会社に就職する？　無理無理無理無理。十四年引きこもりコミュ症女が就職活動なんてできるはずない。声はまともに出ないし、挙動不審になるし、人間怖いし。定期的に発狂モードになるし。そもそも商人Fランクの私を誰が雇うのか。人生終わりだぁ。

でも死ぬ勇気はありません。そうなると運送屋【ハヤブサ】を続けていくしかない。正直父の代わりとなる運び屋になってくれる人が現れたら会社は立て直せるから求人を出そう！　運び屋になってくれる人を募集するんだ。

このハヤブサはお父さんと私だけでやってきたようなものだから運び屋は最低一人いればいい。女の子は無理！　まともに就職できる女の子が私みたいなクソぼっちコミュ症女を社長だなんて思ってくれるはずがない。最近キラキラしている成人したての十代女子とか見ると動悸と発作で発狂しかける。私は十代後半の記憶がないのだ。だって引きこもってたし。

そうなると男性一択だけど、二十歳以上は会社を乗っ取られそうで怖い。それに襲われたりする可能性もある。私みたいなのは誰も襲わないと思うけど、非力な私は絶対抵抗できないと思うし！　でも私の方が十歳以上年上なら襲われることはないだろう。なので十五歳くらいを募集条件に追加した。……そして最後に神託でEランク以上の子も排除した。だって社長がFランクって恥ずかしいもん！　社長がFランクなんてウケるっ！　なんて馬鹿にされたら死ぬ。

そんなわけで男性・十五歳・才能Fランク限定で募集することにした。……この募集で来るんだろうか。ちょっとレアすぎる？　やっぱり条件を緩和すべき？　それとも就職すべき？　無理無理無理無理絶対無理！　それができるならこんな歳まで引きこもってない。

「たのも～！」

そんな時だった。彼と出会ったのは。事務所兼自宅の扉を開けると……幼い顔立ちながら言葉のはっきりとした少年が現れた。

「儂の名はクロス・エルフィド。御社の求人を見させてもらった。是非とも面接していただきたい！」

こんにちは、ようこそ！

「……」

「うむ？」

しまった！　父の葬式終わってから誰とも話をしてないから喉から言葉が出てこない。変なやつが出てきたって思われたに違いない。どうしよ、どうしよ。

「安心なされ。おぬしの前にいるのはどこにでもいる柔な若造じゃ。小さな声でいいから出してみるといい」

「あ……」

穏やかな顔での言葉は私の混乱がひゅっと飛んでいくようだった。お父さん……いえ、子供の時に亡くなってしまった優しいお祖父ちゃんが放った言葉かと思った。もう一度ゆっくりと声を出した。

「あの……アイリーン・ベルヘルトです。ようこそ、一応ここの会社の社長をしてます」

それでも声はミニマムってほどに小さかった！

「アイリーン殿じゃな。よろしく頼む！」

ちゃんと聞き取ってくれた、とてもいい子だ！　そんなわけでクロスくんを家に入れることにした。せっかく来てくれた子だ。逃がさないようにしないといけない。下手だけど、ゆっくりと業務内容を説明した。

「ふむ、社長は業務担当で儂が実働係として物を受け取り、物を渡しに行くということか」

運送屋【ハヤブサ】は小型配送オンリーで即日配達を基本としている。昨今、機械化により大きいものを少人数で手軽に配送できるようになったが、発送する量に配送屋が追いついていないのが現状である。また物流倉庫に一度納めて、配送を行うため時間がかかることも問題になっていた。そのため手紙や手荷物程度であれば【ハヤブサ】のような小回りの利く配送会社が担当することで一日に四件、五件と対応することができるのだ。結果的に大手配送屋と差別化できるようになっている。今までは父が王都中の小型輸送物を配送していたのでクロスくんにはそれをお願いする形となる。

「業務内容はあいわかった。しかし配送の受付などはどうするじゃ。アイリーン殿はその……内気なのじゃろう？」

言葉を選んでくれた優しい。いい子だいしゅき！　それはいいとして、引きこもりコミュ症の私は絶対的に人と話したくないのでその辺りの業務ツールを開発することにした。配送の依頼先を全て一本化し、それぞれの配送屋が選んでいく。大手の事務所の受付で運び屋が担当案件を見て、客先に伺うという手はずだ。冒険者ギルドで冒険者がクエストを選ぶみたいな感じとしたらわかりやすいだろうか。王都の配送屋の構成上そのやり方がマッチしており、他の会社もそれを受け入れてくれた。他にも経理関係はなるべく書類提出だけで済ませられるように王都の役所の担当者に書面で説明し、合意してもらう形とした。全てはなるべく人と喋りたくない、外に出たくないを極めた結果がこれだ。

「アイリーン殿は商人の才能Fランクとお聞きしたが」

私は頷いた。

「なるほど……。神器の誤判定の被害者がここにもいたか」

よくわからないけど……褒めてくれているならいいなぁ。さっそく試用期間ということでハヤブサの制服をクロスくんに着用してもらう。

「ふむ、ぴったりのようじゃな」

幼さがまだ残っていて可愛い！　だめだ、私は社長！　ショタコンの性癖を出してはならぬ。頭を何度も打ち付けてその煩悩を打ち消した。

「……アイリーン殿、大丈夫か」

「大丈夫。いつもの発作だから。あ、血が出てきた」

「発作と言われると不安しかないが。まぁええじゃろう。仕事内容はわかった。では行って参る！」

初めてだから一件か二件ぐらいこなせればいいかな。私の主な仕事はクロスくんが帰ってからの精算処理なのでのんびり待つことにした。

「ただいま戻った！　これが終了の受領書と売り上げじゃ」

「ありがとう。じゃあ受け取るね」

何件こなしてくれたのかなぁ。クレームとか受けてなければいいけど……って
「十件っ!?」

「今日一番大きな声が出たのぅ！　うーむやはり初めてゆえにうまくいかんかったわ。明日はその倍働いてみせよう」

「ちょっと待って、一件ここから歩いて十時間くらいかかる所があるんだけど！」

「儂なら一時間で行けるぞ」

なんなのこの子……。初めてなのに全然疲れた感じもないし、お金もばっちり回収している。クレームもないし下手すれば父よりもすごいかもしれない。

「試用期間はどれくらいになるんじゃ。あまり長すぎるのであれば違う会社も」

「採用」

「え」

「クロスくんを正式に運送屋【ハヤブサ】の社員として採用します」

この子は逃してはならない。直感でわかってしまった。

「どこも才能Fランクってことで雇ってもらえなくて助かるぞい！　では正式な雇用契約をさせてもらえるかのう」

書面で契約を交わし、クロスくんはハヤブサの従業員として働いてもらうことになった。お

給料は成果報酬も含め、クロスくんに説明。特に不満などはなさそうで安心した。

「ではアイリーン殿。ではない、社長！　よろしく頼む！」

若い子に社長って言われるのとても気持ちいいっ！　今までまともな扱い受けてこなかったから最高！

「受付の者からこのペースで仕事をこなせばすごい業績になるかもって言われたが」

「うん。このペースを一ヶ月続ければ大手に負けないかも。でもクロスくんも私も業務で死んじゃうからだめ」

「儂は全く問題ないが、社長が体調不良になるのはまずいな」

この件数を毎日やっていたらおかしくなっちゃう。私は基本的に仕事をしたくないのだ。引きこもって生きていたい。

「でももったいないのう。業績を上げれば会社の名が広まって、社長の知名度が上がると思うんじゃが」

「え？」

「最近は運送業も活発になってきていて、取材が増えているようじゃ」

「つまり知名度が上がるってことは敏腕美人セクシー女社長……って言われる？」

「う、うむ。ん、美人セクシー？」

その内取材とか受けたりして、雑誌に載ったりする？　ちまたで噂の敏腕女社長にインタビュー！　その雑誌が重版されまくって、王都中に【ハヤブサ】と私の名前が売れて……王族や名高い実業家からプロポーズ！

「ぐへへへっ、ぐへっ！　そんな逆ハーレムだなんてぇ。だめぇだめぇ」

「なるほど。社長はコミュ症じゃが承認要求のほうが上なんじゃな」

「クロスくん、お仕事しようか！　目指せ王都一の運送屋！」

「社長は野心家なのじゃな。でもコミュ症を治してからのほうがええと思うぞ」

有頂天になってた私だがコミョ症ぼっちの私が取材なんか受けられるはずがないと気づき、再び引きこもりたくなってしまう。クロスくんが入る会社を間違えたばかりに私を見ていてさらに現実逃避したくなった。

「ところで気になってたんじゃが、この会社は社長と儂だけで動かしていくことになるのか」

「う、うん、でへへ……二人きりだよ」

「性別逆だったら犯罪になりそうじゃなぁ」

クロスが冷たい目をしているような気がする！　でも若い子にそんな目で見られるのは悪くない。

「もう一人くらい増やしたほうがいいのではないか。まぁ社長のコミュ症に耐えられるかどうかじゃが」

「それは言わないで……。【ハヤブサ】が業務と運び屋の二人だけなのは私のお父さん……前社長の方針なの」

王都は今、魔法導力が発達していて、どんどん魔法による機械化が進んでいる。いずれは機械で動く荷車なんかもできて、運送はもっと円滑に加速化していくことになると思う。私たちがやっているような小型で人の手による配達もいずれはなくなっていくだろう。大手の会社の従業員がまとめて機械を使って運んでいくに違いない。

「お父さんも私もこの会社がいつかはなくなると思ってるの。だけど人の手による配達を望む人はすぐには、なくならないと思うよ。だから……最後の一社になるまで頑張るってお父さんと決めたの。私たちの経営理念でもあるかな」

「効率化を進めすぎて運送が流れ作業になっていく時代、社長や先代は人の繋がりを重視した……そういうことじゃな」

「まあ私はコミュ症だからなかなか喋れないけどね。でも……その理念もなるべくでいいからクロスくんにもわかってほしい。人に物を届けるのって気持ちを届けることに近いから」

でも無理に押しつけることはできない。正直、今回の採用は父が急死してしまったための処置というのもある。クロスくんが一、二ヶ月で辞めちゃうとさすがに困るけど、いつ辞めてもいいようにしておかなければならない。まだ十五歳の彼にだってやりたいことはあるだろう。十年も二十年もこの仕事で縛り付けるわけにはいかない。

「素晴らしい！」

「え」

クロスくんは大声を出した。

「先代の理念に感動した。いえ、感動しました！　儂の今世での生き方、人との繋がりを大事にすることに合っているではないですか！　社長、そなたと先代の願いに感銘を受けました」

「あ、えっと……ありがとう」

「儂はその理念を全うするために社長の経営に従うと決めましょうぞ！」

なんだかわからないけど、クロスくんの口調が変わるくらいツボに入ってしまったようだ。

ふふっ、これならお父さんが始めたこの仕事、もうちょっとだけ続けてもいいのかな。うふふ、そして敏腕女社長になっていっぱい稼いで、引きこもったまま生きているようにならなければ……！

「ところで社長、この事務所は社長と先代の二人で住んでいたのですか？」

「うん。お父さんが死んで一人になっちゃったからね」

「それであれば住み込みで働かせていただけないでしょうか」

「へ」

「住む所も探しておりまして、もし良ければ……」

「ほんとっ！　じゃあそうしてもらおっかな」

家事とかはできるけどコミュ症ゆえに買い出しがとにかく苦手だった。外に出る系のものをクロスくんにお願いしよう。クロスくんは私をじっと見つめ、照れくさそうな顔をした。

「住み込みの件、社長のことを放っておけないなって思ったこともあるのですよ」

「ふへっ」

何そのフラグが立ちそうな言葉。勘違いしちゃだめよ私。そうやって今まで失敗してきたじゃない。

「社長が儂の初恋の女性に雰囲気とか見た目が似てるんです」

きゃー！　これはラブロマンスが始まっちゃう!?　だめよ、私は二十九歳であなたは十五歳じゃない。そんな年の差、世間が許さないわ。……ちょっとだけ気になったので聞いてみた。

「その……初恋の人はどうなったの？」

クロスくんは首を横に振った。きっと振られちゃったのね……。

「七十歳で天寿を全うしました」

「どういうこと!?」

社長が死なないように儂が手助けしたりますとガッツポーズをされてしまい、口から魂が抜けてしまいそうだった。あれ私ってそんな老婆っぽかったりする？　この後、クロスくんが王国中を巻き込む事件に関わっていき、世界でただ一人彼を制御できる人間として私が見直される事態になることを……今はまだ知らない。

それはとある一幕。フィラフィス王国の南部の地域は街と街を繋ぐ道が長く、山を越えることもあるので荷馬車に乗って移動することが多い。さらに南部は貧富の差が激しく、貧困に耐えきれなかった若者が盗賊などに身を落とすことが多い。

そうなってくると増えるのは盗賊団による馬車の襲撃である。ただ盗賊団は金目当ての犯行がほとんどなので、金目のものを積んでいる馬車は冒険者などの護衛を雇い対処することがほとんどだ。ゆえに人を運ぶだけの荷馬車は金目のものもなく、襲うだけ無駄。ゆえに護衛をつけないことも多い。そんな荷馬車を襲ってもたいした成果は挙げられない。それでも襲う理由は二つ。無知かそれとも。

人を襲うことを目的とした卑劣なならず者だけだ。

「全員並べオラァ」

人を運ぶ荷馬車が襲撃され、複数人のならず者たちに囲まれてしまう。数人の乗客たちは一カ所に集められて恐怖に震えてしまっていた。馬を走らせる御者《ぎょしゃ》はならず者に斬られてしまい意識がない状態だったのだ。若い運び屋が介抱していたが、その容赦のなさから乗客たちは逃げることもできなかった。

「王都から来て偉そうに振る舞う奴らが大嫌いでな。鬱憤《うっぷん》を晴らさせてもらうぜ」

「そ、そんな……僕たちは関係ないのに」

「あ？」

「ひぃっ！」

ならず者たちは鋭い目つきで睨みつける。これまで何度もこうやって襲ってきたのだろう。その言葉には一切の躊躇《ちゅうちょ》がない。特にリーダーと思わしき男は、絶対に関わってはいけないと感じさせるような別格の殺気を漂わせていた。荷馬車の御者を容赦なく斬ったのも、この男である。ならず者の男はフードを被った女性客に近づく。そして強引にフードを破いた。

「へぇ」

男が思わず微笑んでしまうほどの美貌を持った女性だった。身分を隠して荷馬車に乗り込んだ貴族令嬢といったところだろう。令嬢は男に見つめられガタガタと震えた。

「こんな所でイイもんが見つかるとはなぁ」

「やぁ……」

「安心しろ。あんたは殺さないって決めた」

令嬢はその言葉に安堵の表情を浮かべる。しかし次の言葉で一変する。

「まぁ、その綺麗な顔と体がガタガタになるくらい犯してやるけどな。死ぬのとどっちがマシだろうなぁ」

「やだっ！」

令嬢は逃げだそうとするがあっという間にならず者たちに組み伏せられてしまった。

「お楽しみはとっておかねぇとなぁ……。次、逃げたら殺すぞ」

「……」

その殺気を込めた眼力に令嬢は言葉を失ってしまった。

「次。おっさんは何しにきたんだ？」

「わ、私は身ごもって実家に帰した妻に会いに先の街へ向かったんです。お願いです、見逃してください。妻の体調が良くないんです！」

懇願するように頭を下げる男。そんな様子に盗賊の男は笑みを浮かべた。

「そうか。そりゃ是非とも会いにいかねぇとな。おう、オレは理解があるからな」

「だったら！　ごふっ！」

盗賊の男は帰郷する男に蹴りを入れる。

「オレが会いにいくんだよ。てめぇの首を持ってな。きゃははは、てめぇの嫁はどんな顔をするんだろうなぁ」

「そ、そんなぁ」

蹴られて傷だらけとなった男は項垂《うなだ》れてしまう。しかしこの容赦のなさ。他の乗客たちは絶望の表情に陥る。こんな山道で助けに来てくれる王国騎士などいるはずもない。危険な思想を持つならず者のリーダーに他の男たちも薄ら笑いを浮かべていた。リーダーの男の視線は隣の若者に向く。

「おいクソガキ」

その言葉には怒気が含まれていた。クソガキと呼ばれた若者は成人したばかりなのか幼さの残る少年であった。目の敵《かたき》にされている理由は一つ。襲撃した馬車の御者の治療を行っていたからだ。他の乗客を人質に取ることで止めさせたが少年は何も気にしていないようだった。少年が口を開く。

「なんじゃ。おぬしにクソガキと言われる筋合いはないぞ。おぬしのような小僧は特にな」

「へっ、随分と威勢がいいじゃねぇか。でけぇ荷物を持ってるがなんだこれは」

「儂は運び屋じゃよ。この先の村に用事があってな。だから早めに終わらせてもらえると助かる」

「てめぇ、この状況がわかってないようだなぁ」

「む？　小僧のお遊戯みたいなもんじゃろう」

冷静で全く動じない少年の言葉にリーダーの男の頬がひくりと動く。首を動かして手下の男に剣を持ってこさせた。

「おい、おっさん」

「は、はい！」

この先の街に妻がいる男が反応をする。リーダーの男はその男に剣を渡した。

「これから楽しいショーの始まりだ。おっさんとクソガキ。てめぇらで殺し合え。勝ったほうに賭けた奴は生かしてやる」

「外した奴は〜〜〜？」

仲間たちの声にリーダーの男が声を上げる。

「命で払ってもらう」

それはとんでもない提案であった。他の乗客たちの命をかけて戦い合うということだ。拒否はできない状況。妻のいる男に取れる選択肢は一つしかなかった。震えた手で剣を抜き、少年を恐る恐る睨む。

「おらっ、てめぇもだよ。びびってんのか？　残念だがてめえは……おい、刀は置け。武器を使うな」

少年はそれでも動じない。やがて軽く息を吐き、立ち上がった。

「おぬしと儂が戦う必要なんてないじゃろう」

「え……」

「適当なこと言ってんじゃねーよ。じゃあ誰が死ねばいいのかなぁ？　へへっ」

そんな挑発的な台詞を放つリーダーの男に少年は視線を向けた。

「だったらおぬしが死ねばいいんじゃよ」

「は？　舐めてんじゃねぇぞクソガ……ごほっ！」

その瞬間、少年はリーダーの男の顔面に拳をぶち込んだ。めりっと骨がきしむ音がして男は吹き飛ぶ。

「こんな悪趣味なゲームを強いる者に更生の余地はない。おぬしは生きていてはいけない人物じゃな。儂が処断すると今決めた」

「ふ、ふざけんじゃねぇ！　てめぇら皆殺しだぁ。全員殺してやるっ！」

ならず者たちはリーダーの声に各々の武器を構え、少年に向ける。だがならず者たちは一歩も動かず、声も上げなかった。

「おい何してる。全員で……え」

リーダーの男が振り返ると仲間のならず者たちは全員すでに白目の状態で気を失っていた。

カチャという刀が鞘に収まる音を聞いて、リーダーの男は正面を向く。少年が目の前にいた。

「ぷすり」

少年はリーダーの胸を指で突く。妙な衝撃を受けたが男は何事もなく後ずさる。

「へっ、なんだってんだ。おい、こいつらに何をした」

「気を失わせただけじゃよ。起きても一ヶ月はまともに動けんじゃろうな。それだけのペナルティを与えた」

「なんなんだてめぇは」

「さっきも言ったじゃろう。ただの運び屋と」

「ちっ！　オレを舐めんなぁよ。オレは何人も殺してきたんだよぉ！」

「だからおぬしは今日死ぬ。おぬしを生かして他の有望な若者が犠牲になるわけにはいかん」

「わけのわからねーことを！」

男は剣を振りかぶり、少年に向けて振り下ろす。普通であれば少年は切り裂かれてしまうはずだ。しかし鈍い金属音が響き、地面に落ちたのは剣のほうであった。この場合は折れたと言うべきか。男は愕然とした表情を浮かべる。少年に剣が当たった瞬間、硬すぎる何かにぶつけた感覚があり、今も手はしびれていたのだ。男は信じられないような目で少年を見た。

「なんで剣が折れるんだよ……。ば、化け物」

「インパクトの瞬間に防御を高めただけじゃ。それに化け物じゃなくて運び屋と言っておるじゃろうが」

「ふざけんじゃねぇ。こんな化け物を相手にしてられるかよっ！」

リーダーの男は気を失った仲間たちを放って逃げ出してしまう。あっという間の出来事に誰もが唖然としてしまっていた。それを作り出した少年に視線が集中する中、少年は笑顔を見せて振り返った。

「不躾な奴らはいなくなった。これで安心じゃ」

「おおおおっ！」

絶望的な状況を切り抜けたことに乗客たちは歓喜の声を上げる。まさか助かると思っていなかった。そのような感情が見て取れた。剣を握らされていた妻のいる男はしきりに少年にお礼を言う。

「本当にありがとうございます。あなたがいてくださったおかげで妻に会えます」

「うむ、しっかり会って励ますといい」

少年の言葉に皆が笑顔を見せる。

「この気絶した男たちはどうしましょうか……」

「先の街で騎士たちに対応してもらうしかなかろう。まだ若い。更生することを期待しよう」

「ですが……一番危険な男は逃がしてしまいましたね」

「逃がしておらんよ。あやつは生かしておいてはならん男じゃ」

「え、でも」

「あいつはもう死んでいる。死のツボを突いたからな」


「おい、全員集めろ！　奴らをもう一度襲撃するぞ」

「どうしたんですか。他の奴らは……」

ならず者たちの集団には別働隊が存在していた。リーダーの男はそこに合流し、再びの強襲を狙っていた。少年に恥をかかされたことに対しての復讐だ。男は心底憤慨していた。

「さっさと動け！　死にてぇのか」

「は、はい！　ですが」

「あん？」

「あの……身体が真っ赤に腫れ上がってるのに……表情が青白いのは大丈夫なんですか？」

「え？」

手下の指摘にリーダーの男の動きが止まる。そして。

「ひでぶっ！」

弾けた。

「本当にありがとうございます。あなたがいなかったらわたくしは……」

「お忍びの旅はやめておくがよい」

運び屋のお仕事で初めての出張がこんなことになるとはな。ならず者や盗賊に襲撃され悲劇な結果を迎えたケースは数多い。前世での儂もたまたま通りかかって助けることができた時もあったが、大半は無残な結果となっていた。

ただ盗賊もならず者も、やむを得ずその道に進む者も多い。だからむやみやたらと駆除してしまうのはいいことではないのだ。誤った道を通ってしまっても、反省して引き返し、やり直すことはできる。だから儂はギリギリまで待つようにしている。若者の考えが変わることを信じて。

だが軌道修正が無理だと思った奴はさっさと駆除するに限る。更生不可と感じた奴はさっさと根絶やしにしたほうがいい。二百年生きた儂の判断に間違いなどありえない。儂より長生きの経験がある者などおらんのだから。

「あの……旅人様？」

「儂はただの運び屋じゃよ」

お忍びで潜り込んだ貴族令嬢の少女か。赤髪できりっとした可愛らしい顔立ちをしている。儂と同じくらいの歳じゃろうか。ならず者たちによって傷つけられなくて良かった。

「せめて護衛は連れてくることじゃな」

「今後はそのように致します。こんなことになるなんてわたくしは世間知らずでした」

箱入り娘の悲劇はいつの時代もあることじゃ。特に高位貴族となると下手すれば国すらも動く事態に発展する。

赤髪の少女は突然儂の手を掴んだ。

「も、もし良ければこの先の街にあるわたくしの邸宅に来ていただけませんか？」

「む？」

「貴方様に助けていただいたお礼をしたいのです。それに貴方様がそばにいてくだされば。きっとこれは運命の出会いだと感じています」

少女はその赤色の髪のように頬を染めた。ならず者を倒した後もしばらく恐怖で震えておったからな。軽く抱きしめ頭を撫でて慰めてやったら懐かれたようじゃ。

二十歳を超えてない子供は儂にとって皆幼児。保護してやらねばならん。ふっ、儂は前世も含めて二百年以上生きた風格を持つ。安心感半端ないってやつじゃな。だが。

「結構。儂は運び屋としてやることがあるのでな。仕事を途中で投げ出すわけにはいかぬ」

「あのっ！」

次はあやうく儂と決闘させられることになりかけた若造だった。確か身重で体調が悪い妻がいると言っておったな。

「すぐに妻のもとへ向かうがいい。妻を支えて元気な子を抱えてやれ」

「はい、ありがとうございます！　もし良ければ子供の名付け親になってもらえませんか？」

「いや、儂はしがない運び屋。そのような大役はちょっと」

「あなたでなければだめなのです。自分と妻の命を救ってくださったあなたに自分たちの子の名前を！」

「随分ハードルを上げたのう！」

親族ならまだしも赤の他人に名付けるほどのことをしておらんぞ。さて、どうする。さっきの赤髪の令嬢もしつこくせがんでくるし。

「すみません！」

別の方から声が上がる。荷馬車の乗客の一人の若者だった。

「私、実はキングダムタイムズの記者なんです。今回の事件、記事にさせてもらえないでしょうか！」

「記者か」

まさか報道関係者が乗り合わせていたとは。ええい、これは面倒じゃぞ。

「儂は一介の運び屋。目立ちたくないので記事にはしないでもらえるか。儂の存在を消してもらえるならなんでもいい」

「いえいえ！　あなたは英雄になるべき存在です。あの刀捌《さば》き、紅蓮の剣聖姫、シャルーン第二王女に勝るとも劣らない。是非とも記事にさせてください！」

記者の勢いはすごかった。しかもシャルーンと同等じゃと？　例の火トカゲ事件の成果でシャルーンは紅蓮の剣聖姫という二つ名を手に入れた。前世ならまだしも今世の儂は名声を遠慮したい所存。自由気ままにやりたいことができなくなるからな。今の運び屋の仕事は満足しておるし、誰もが才能Fランクの運び屋としか儂を見ておらん。それをこんなことで記事にでもなったら……。

「是非ともわたくしの家でご一緒に……」

「自分たちの子の名付け親に」

「最高の記事を書かせていただきますよ！」

こやつら圧が強すぎて口で言ってもどうにもならんか。仕方ない。黙らせよう。

儂は刀を少しだけ抜き、そのままカチンと鞘へ戻した。その瞬間バタバタバタと乗客全員が倒れて気を失う。ようやく静かになったな。ならず者たちに行ったような強力な剣技ではない。おそらく一時間ぐらいで目が覚めるだろう。

「御者を含めて乗客とならず者たちは。うん、足りるな」

懐にある薬袋を取り出し、とある丸薬を取り出す。儂がエストリア山の豊かな効能の薬草を煎じて精製した物じゃ。この薬は飲ませた者の記憶を左右できる効能を持つ。これを赤髪の貴族令嬢に飲ませた。

「うぅ……」

「おぬしたちを助け、盗賊を倒したのは……」

「盗賊を倒したのは……」

「最強無敵の銀髪美少女シャルーン王女」

「シャルーン王女…」

「そうじゃ。シャルーン王女がおぬしたちを助けたんじゃ」

人の記憶というものは消したとしてもひょんなことで蘇ることが多い。じゃが別の記憶で補填してやればその蘇るリスクを下げることができる。この記憶補填薬は記憶の置き換えが可能なのじゃ。今回の事件での儂の成果を全部シャルーンに置き換えた。前に困った時は頼ってもいいと言われたので頼らせてもらうことにした。これでまたシャルーンの名声が上がってしまうな。いいことじゃ。次会った時に褒められてしまうかもしれんな。

「シャルーン王女、万歳！」

「これで全て良し」

気を失っているならず者たちにも同じ処置をし、儂はこの場を後にした。今後も同じことがあったら全部シャルーンの成果にすり替えるとしよう。


フィラフィス王国辺境の街ロラール。王国最南端の小さな街であり、これより南は険しい山々で自然の国境となっている。王都や水都に比べれば文明は進んでいないが、正直これが普通だとも言える。都会は文明が進みすぎじゃ。

要望のあった積み荷を背負ってここまで来た。予定の時間に間に合わせるために早足で来たせいで少し疲れたな。荷馬車は儂が走るより遅いが寝ていれば到着する利点がある。あんな事件に巻き込まれたが……、いやあれはシャルーンがなんとかしたから儂は事件などに巻き込まれておらぬ。

「もしかして運び屋さんかしら？」

「うむ？」

街の入り口で清楚な白の法衣を着た娘っ子がおった。緑の髪を背中まで伸ばし、柔らかな笑みを浮かべている。目尻が落ちており優しげな雰囲気を持っていた。風貌から街の住民ではなさそうじゃ。冒険者の類い、外部の者ということか。

「依頼人のメルヤ殿で良かったか？　儂は運び屋のクロス・エルフィドという」

「そうです。メルヤです。こんな遠くまでよく来てくれたわぁ。しかも若い男の子だなんて、ちょっと待っててね」

依頼人であるメルヤは大声を上げた。

「ファーシラぁ。運び屋さんが来たわよぉぉ」

「え、ほんと！」

ひょっこりと黒髪おさげのつり目の娘っ子が建物から出てきた。黒いローブに身を包み、手には魔法杖を持っている。

「思ったより早かったわね。もう三日ほど待たされると思ってたわ」

気が強めのキリッとした目でじろっと見てきた。

「その大荷物を背負ってきたの？　見かけによらず力があるのね」

「びっくりよねぇ。まだお若いのにすごいわぁ」

「運び屋じゃからな」

先ほどのならず者に指摘されたように儂は等身大以上の大荷物を背負ってここへやってきている。一応この者たちに要望された物を全て持ってきた結果なのじゃが。確かに大の男が二、三人力を合わせて運ぶような分量じゃ。儂じゃなかったら一人で運ぶこともできまい。

メルヤとファーシラ。儂より少し上の十七、八歳ってところか。身に纏う魔力と着衣からこの二人が何者かはおのずと見えてくる。

「あんた今、何歳よ？」

「この間成人の式を終わらせたばかりじゃ」

「十五歳ってこと？　思った以上に若いわね！」

どこの世も成人したては見習い扱いじゃからな。儂はすでに即戦力で運び屋の仕事をこなしておる。ベテランぶってる若造運び屋にも負けんわ。

「一つ目の仕事はこれで終了じゃな。依頼はできる限り多くの補給物質の調達で良かったのかのう」

「うん、ありがとうねぇ。お金はちゃんと払うからぁ」

食料飲料が半分以上、あとは衣類や趣味品などいくつか。儂は運んだだけで揃えたのは別の者なので中身は知らん。その中身が傷つかないように運ぶのが運び屋の仕事じゃ。ゆえにあのならず者どもがこの荷物を傷つけようものなら消滅させるところじゃった。

しかしこれだけの量。揃えるにも運ぶにも金がかかる。この年頃でそれだけの金額が払えるとは金回りのいい娘っ子たちなんじゃな。

「じゃあ次のお仕事もそのままお願いできるかしら。クロスくんが来たのはそれが主目的よねぇ」

「うむ、運ぶだけなら誰でもできるからな」

「びっくりしたわ。もっと屈強なオジサンが来ると思ってたから」

そう、今回儂に白羽の矢が立ったのは彼女たちに荷物を運ぶだけが目的ではない。次の仕事が問題でまわりまわって儂のところに舞い込んできたのだ。実質指名みたいなものじゃったな。儂にしかできんことだ。

「すぐに出発するのか？　儂は構わんが」

「そうねぇ。できれば日が沈む前に戻りたいからすぐに出発したいんだけど……」

メルヤは少しため息をつく。

「あたしたち三人パーティなのよね。それでウチのリーダーがまだ起きてこないのよ」

「ファーシラが魔術師でメルヤが回復術師で良かったか？　そのリーダーとやたらが前衛というわけか」

「へぇ、わかりやすいとはいえ、ちゃんと見分けるなんてね。その歳でここに来るだけあるわね。正解よ」

「あの子が出てきたわぁ」

宿屋から体を覆うコートと白いフードを被った少女が出てきた。顔立ちと表情はここからでは窺えない。まだ眠り足りないのか動きが緩慢だ。

「ねぇクロス」

ファーシラが真剣な声で聞いてきた。

「あんたがオジサンとかだったら言わなかったんだけど……」

仕事のことだろうか。それは仕方ない。若さというものはいつだって侮られるものじゃ。この見た目ゆえにどこでも子供扱いじゃ。だが真実は違う。それを証明するには仕事ぶりを見せつけるしかない。

「あの子のこと好きにならないように注意してよね。十五歳だったらドストライクだと思うし」

全然違うことじゃった。

「儂は仕事で来たんじゃが」

「みんなそう言うのよぉ。でもあの子の顔を見たらびっくりすると思うから」

全身をコート、顔をフードで隠した少女が目の前に来る。近づいてようやくそのご尊顔を拝見することができた。ふむ、確かに言うだけのことはあるかもしれぬ。その少女のシミも荒れも一つない白い肌は非常に瑞々しかった。金色の髪色と特徴的なアメジスト系とオパール系の色素を持つオッドアイ。まるで人形のごとき顔立ちが非常に整ってて、印象的だった。

「ルージュちゃん。この人が言ってた運び屋さんよ」

「ん」

「クロス・エルフィドじゃ。よろしく頼む」

「ボクはルージュ・ストラリバリティ。よろしくね、クロス」

淡々とした言葉遣いの少女。あまり感情表現が達者ではないようだ。ファーシラとメルヤがじっと見つめてくる。さっきの言葉通りなら儂がルージュに見惚れているのではと思うのじゃろう。

「では出発しようぞ」

「ルージュちゃんと目が合って顔を赤くせずに逸らさない人初めて見たかも」

「この子可愛くないの？　クロスの好みじゃない？」

ファーシラがルージュの肩を揺すって儂に見せつけてくる。好きになるなと言ったのはおぬしじゃろうに。

「可愛いとは思うぞ」

「それだけ？」

「うむ」

ルージュは人形のように可愛らしい。じゃがこの年代の子はどの子も可愛らしいもんじゃ。王女であるシャルーンも凛々しさの中に可愛らしさがあり、スティラもまた子供っぽさがありながら芯の強さを持った可愛らしさがあった。儂にとって二十代以下の子はみな可愛い。赤ん坊は男女問わず可愛いと感じる心と同じではなかろうか。

「そもそもファーシラとメルヤも同じくらい可愛いと思うぞ。三人とも皆、可愛くて魅力的じゃ」

その言葉にファーシラとメルヤが驚いて顔を赤らめてしまった。

「二人とも顔真っ赤」

「だだ、だって、男の子にそんなこと言われたのは初めてだし！」

「みんなルージュちゃんばっかりだったからまさかの言葉だったわぁ」

「やれやれ。では出発しようぞ」


南端の街、ロラールを出て、儂と三人の小娘たちは山道を進んでいく。前を小娘たちが進み、儂は後ろから荷物を背負ったまま追っていく。

今回の依頼であるもう一つのお仕事はつまり荷物持ちである。元来荷物持ちという役割はパーティを組んでる場合分担し運ぶものじゃが、今回のように荷物持ち要員を雇い、その者に持ってもらうことがある。

「クロスくん大丈夫？」

メルヤが気遣ってくれているのか声をかけてくれる。

「問題ない。儂は仕事をこなすために来ておるんじゃ」

「あたしたちより年下なのに力持ちなのね」

大荷物を持って山道を進む。簡単ではあるが、この単純なことができる者はおそらくほとんどおらんじゃろう。物を運ぶというのは想像以上に大変じゃ。

「儂を気遣わず、もっと急いでもええぞ。日を越える前に戻りたいのじゃろう」

「言うわねぇ。じゃあ今回のお仕事内容を伝えるわ」

ファーシラは話を続ける。

「ロラールの街長からの情報でね。最近この辺りでブラックバードが出現してるらしいわ」

「ほぅ。肉食の鳥の魔獣か。危険じゃのう」

「そうなのぅ。まだ人の被害はないけど、食用の獣とか食い荒らされていてねぇ。王国騎士団にも連絡してるけど、ここって最南端だからなかなかなのよぉ」

辺境地ゆえということじゃな。ブラックバードは赤トカゲほどではないがそれなりに強い魔獣じゃや。柔《やわ》な冒険者では返り討ちとなってしまうだろう。本来、この若さの少女たちが挑める難易度ではないはずじゃが、それはあくまで見た目だけの話。ルージュ、ファーシラ、メルヤ。この三人であれば討伐できるという予測なのだろう。

「あの街には世話になってるからぁ。私たちでなんとかしてあげたいの」

「出現する場所はわかっているからあとは退治するだけよ」

「無償ということか。あの魔獣退治を冒険者に依頼するならそれなりの費用がかかるからな」

騎士団とは別に魔獣退治、調査を生業としている民間団体の冒険者ギルドがある。でもこの三人の娘たちは冒険者パーティではないようだ。いったい何者なんじゃろうか。ま、悪人でなければわざわざ訊くこともなかろう。前を歩く三人が止まる。

「このまま駄弁《だべ》ってたら間に合わないし、そろそろ本気で進むわよ」

「クロスくん、無理しなくてもいいから。できれば追いついてほしいけどねぇ」

　ファーシラとメルヤは突然スピードを上げて猛スピードで山道を進んでいく。ふむ、儂を気遣ってゆっくりと進んでおったようじゃ。どうやらこの荷物運びは今回のブラックバード討伐のためではなさそうだ。儂の運び屋としての能力を見たかっただけなんじゃろう。二人の少女は進み、ルージュは無表情のまま儂を見ていた。

「ルージュは行かんのか？　おぬしは前衛じゃろ」

　コートで全身を隠しているルージュの背中には剣の存在がわずかに見える。ブラックバードは素早い魔獣だ。いくらファーシラが優れた魔術師でも前衛がいなければ討伐は難しい。

「すぐに追いかけるよ」

「そうか。なら儂のことなど心配いらん。自分のペースで追わせてもらう」

　今まで出会った子とは性質が違うな。話しているのに話が通じていないような気がする。だがこのルージュという少女――とてつもない素質を感じる。ファーシラとメルヤもあの年頃にしてはいい素質に見えるがあくまで一般的。だがこのルージュは先に出会ったシャルーンやスティラのようにS級に準ずる才覚を持っているように思えた。

「心配はしてないよ」

「そうか。ならば早《はよ》う」

「そもそもキミは心配する必要がないように視える」

「おぬし……」

儂の実力が見えておるのか？　シャルーンにもバレておらんかったはずじゃが……。

「なんでだろうね。ボクの力のせいかな」

「なんじゃそりゃ。ええい早く行かんか。魔獣を倒して街の人を安心させてやれい」

「ん」

ルージュはひょうひょうとした足取りで山道を進んでいった。やれやれ、変わった性格の子供じゃのう。あれが今時なのかもしれん。

さてと。目立つことはしたくないが侮られるのは性に合わん。あんな幼児どもに心配されるほど儂の人生は浅くないぞ。

「ふぅ……」

一呼吸し、儂は強く地面を踏みつけた。


「ようやく目的地に到着ね」

「このペースなら日が沈む前に街に戻れるわねぇ」

ファーシラとメルヤがブラックバードの住処である高地に到着。少し遅れていたルージュも軽々追いついた。

「やっぱり山道を高速で上がるのは疲れるわね」

「でも旅を始めて二年で私たちもだいぶ慣れたねぇ」

「山道を軽々上れる魔術師と回復術師ってどうなのよってね」

「ルージュちゃんは大丈夫？」

「問題ないよ」

「あたしとメルヤは軽い武器にしてるけどルージュの剣って男性もので重いでしょ。それで全く疲れてないなんて。ほんとルージュについていくのは大変よ」

「でも二人なら絶対ついていきてくれるでしょ」

「当然でしょ！」

「私たちはルージュちゃんほどの才能はないけど、あなたを支えるためにいるのだから」

ルージュを中心に三人は固まってじゃれ合う。パーティではルージュが中心人物だが少しだけ若く、二人の姉的存在が支えているというパーティ構成。きっと信頼関係が築けておるのじゃろう。

「クロスくん大丈夫かしら」

「いくらなんでもあの荷物だもんね。最低半分くらいまでは進んでもらえないと本命の旅についてこれないかも」

「早く魔獣を倒して戻りましょ」

「必要ないよ」

ルージュの声と指さしに二人は見上げる。そしてすでに到着している儂と目が合った。

儂はずっとここにおったんじゃが気づいておらんかったのか。

「クロス!?　なんでそこにいるの？」

「まさか私たちを追い抜いたの!?」

「そういうことじゃな」

いくら山道に慣れているからといって儂を負かすほどではない。それに儂は高山であるエストリア山で十五年生きてきたんじゃ、山道は熟知している。

「時間が余ったから山菜も採ってきたぞ。あとたまたま猪《いのしし》がおったので狩っておいた。食べようではないか」

そんな言葉に三人はぽかーんとしていた。まぁルージュは特に表情が変わったわけではないが。儂は荷物を背負ったまま三人の前に下りる。さて、なんと言われるか。ちょっとやりすぎだったか？　だがそれは杞憂だった。

「すごいわね！　期待以上じゃない」

「ええ、これなら本命の旅も安心してお任せできるわぁ」

ふむ、いい子たちのようだ。人の賞賛を信じきれない儂とは違う。良き若者と出会えて嬉しいぞ。

「だが儂はあくまで運び屋じゃ。魔獣退治は頼むぞ」

「ええ、もちろん」

「危ないから後ろで見ててね」

儂一人でブラックバードは討伐できるが役割というものは明確にすべきだ。儂は運び屋として来ているのだからな。危険に陥れば別だがそれもないだろう。

全員先へ進み、ブラックバードが根城としている住処にたどり着いた。ブラックバードは素早い動きと鋭い爪とくちばしで敵を切り裂く肉食の獣じゃ。この三人はどうやって戦うのか。

「じゃあ始めるわねぇ」

回復術師のメルヤが魔法を唱える。

「ケーーー！」

するとブラックバードが住処から飛び出してきた。魔獣呼びの魔法を使ったというわけじゃな。

「補助魔法をひとしきりっ！」

メルヤはメイスを振るい、儂を含む全員に補助魔法をかける。ほほぅ、全能力アップに防御耐性まで付与したのか。相当に優秀な回復術師のようだな。ここまで能力が上がれば並の戦士でもブラックバードを狩ることができそうじゃ。

「はあああああっ！　ファイアっ！　ウインドっ！」

魔術師のファーシラが炎属性と風属性の魔法を出現させる。複数の属性の魔法を操るのは並の魔術師ではできないことだ。二つの属性が混ざって炎の竜巻が複数出現。ブラックバードの動きを封じる。

「ルージュ」「ルージュちゃん」

そして最後にルージュがトドメを刺すために飛び出す。これがこのパーティの必勝パターンというわけじゃな。だがブラックバードは高所におる。ルージュの跳躍でそこまで届くのか。

ルージュは走りだし、段差を強く踏んで飛び上がる。しかし高度が足りず、あれでは届かない。どうするのか。

その時、ルージュの体を隠していたコートがふわりと外れていった。そこに現れたのは目映い虹色の着衣だった。金色の髪とまるでキャミソールのような虹色の着衣はとても神秘的に思えた。ルージュは背中に備える剣を引き抜き両手でつかみ取る。

「――宿れ雷鳴の力」

ルージュの体が光り輝き、バチバチと音を立てて剣にその力が宿る。それは雷の音に違いない。ルージュはその力を纏い剣を振り切った。

「――ライジングスラッシュ」

轟音《ごうおん》が響き、ブラックバードはその雷の力に強いショックを受ける。雷の斬撃はバードの心臓を止めて、力なく落下させてしまった。

「お見事」

つい、そんな言葉が漏れる。ルージュは降り立ち、振り返る。

「ありがと」

その顔立ち、着衣、その雷鳴の力。ルージュの特異性というものがよくわかる。不思議な存在なのじゃな。メルヤとファーシラが近づいてくる。

「一発で倒すなんてさすがね～」

「また強くなったんじゃない」

「いえい」

メルヤが補助魔法で強化し、ファーシラが魔法で逃げ場をなくし、ルージュの一振りで殲滅《せんめつ》。見事な連携と言えるだろう。

「しかしなぜ今までコートで隠しておったんじゃ。邪魔だろう」

「ボクも邪魔なんだけどみんなが戦闘時以外は着ろって言うから」

そんな言葉に残る二人がため息をつく。

「ルージュの着ている虹の羽衣は雷鳴の力を強化する力があるんだけど……」

「クロスくんはこの服を見て思うことあるかなぁ？」

「よー似合っておる」

「そうじゃなくて」

そしてもう一度ルージュの着ている虹色の羽衣を見つめる。ふむ、こうやって見るとこの羽衣は極めて布面積が少ないことに気づく。胸元が大きく解放されており、胸部はほぼ肌色であった。そのためルージュの大きく育った胸があふれんばかりに強調され谷間が作られているのである。さらに下腹部もスカートの丈が限界まで上がっており、白い太ももが露出されていたのだ。屈めばおそらく下着が見えてしまうだろう。

「儂が親なら着るのをやめろと言ってしまいそうじゃな」

「ルージュちゃんは発育が良すぎて、この格好で街を歩くともう……すごいの」

「この顔でこの体つきだからね。男性からすごく視線を集めるのよ」

「ボクは気にしない」

「私は気になるの～」

だからコートで隠しておるのか。まぁ儂も故郷の妹たちがこんな服装しておったら叱りつけるじゃろうし当然じゃな。

「ルージュのこんな姿を見ても全然動じないわね。あんた本当に十五歳？　胸だって本物なのよ、ほらほら柔らかいし本物よ」

「あぁん、揉むのやめて」

ファーシラがルージュの胸を後ろから鷲《わし》づかみにして動かしまくる。当然そんなことで動じる儂ではない。精神年齢が違うと言えよう。確かにルージュは可愛らしいし人を惹きつける見た目をしているのは間違いない。でも儂からすれば幼児にしか見えない。ただそれだけのこと。

しかしブラックバードか。広義的に見れば漆黒の様相をしているからそう名付けられたと思われているが、真実は少し違う。割合にしてごくわずか。死してゾンビバードとして蘇り、自分を殺した者に復讐する暗黒面からそう呼ばれるようになったのだ。そう、ごくわずか。そのごくわずかが今日現れたとしても不思議ではなかった。

「キエエエエエエエッッ！」

雷の一撃により心臓を破られたはずのブラックバードがゾンビ化して復活。その命を奪ったルージュ目がけて鋭いくちばしを向けてきた。完全に油断した状態からの攻撃。三人の少女は振り返りはしてもその突撃にまで対処できない。致命的な隙。それを埋めることができるのは。

「斬」

愛用の黒太刀を抜いてその一瞬の隙を埋めた。この場合は仕方あるまい。未来ある若者の命を散らすわけにはいかんからな。

三人の少女には瞬間移動してブラックバードをたたき斬ったように見えただろう。間違ってはおらん。時空剣技の一つを使ったに過ぎん。

「ブラックバードは死して蘇る習性を持つ個体がおる。油断はせんことだ」

「……」

蘇ったブラックバードを真っ二つにして再び絶命させた。刀を鞘に戻し、ぽかんとしている三人のもとに戻る。

「瞬時に動いたせいで積み荷が少し崩れたな。非常事態ゆえに目を瞑ってほしい」

荷物を下ろす時間がなかったからそのままぶった切ったからな。うむむ、卵とか割れたかもしれん。まだまだ未熟。

そこで三人、いやメルヤとファーシラは驚いた様子で詰め寄ってきた。

「クロス、あんたそんなに強かったの!?」

「もう～、言ってくれたら良かったのにぃ」

「多少心得がある程度じゃ。外に出る以上武器を振るわねばならん時もあるからな。さっきも言った通り儂は運び屋としてここに来ておる」

「変に真面目ねぇ」

「でも助かったわぁ。正直危なかったもの」

一件落着といったところじゃな。ルージュは無言のまま儂を見つめていた。視線が気になったが怪我もないようだし気にするのは止めよう。

「では街に戻るぞ」

クエスト完了ということで儂らは街に戻ることになった。

「キミは……」

ルージュが儂を見て何か呟いていたが、無用と思い反応するのは止めた。


下山し街へ戻った儂らはロラールの長に報告。長は大層喜んでおり、魔獣退治のお礼で軽い宴会が開かれることになった。ルージュを筆頭に見目麗しい三人娘の姿に街の若造が浮き足立っていたが、慣れっこなのか特に何があるわけでもなくその日は終わる。

そして翌日の朝。ねぼすけのルージュをたたき起こして旅の準備を始めることになった。宿の一室でファーシラは地図を広げた。

「さて、今日から向かう所が本来の目的地よ。かなり長い旅になるからちゃんと支度しないとね」

「それで儂も荷物持ちとして同行していいのか？」

「ええ、百点満点どころか二百点よ〜。あなたが女の子ならパーティに勧誘してたわぁ」

昨日のクエストが儂の能力を量る場でもあったのは知っている。荷物を運びながら三人娘の進行についていけるか調べていたんだろう。荷物運びの進行が遅いと全体の進行に支障が出る。もし儂がお眼鏡にかなわなかったらここでおさらばだったに違いない。実際は三人娘の移動力を超える成果をたたき出したから二百点というわけか。

「それであればお仕事を続けられそうじゃな」

昨日の件で三人娘の信頼を勝ち取れたようじゃ。ルージュは相変わらずあくびをしているが。

「改めて説明するわね。今回向かうのはこの街から南に進んだ所」

「ここは王国最南端の街じゃぞ。これより先は険しい山で国境。国を越えるなら別の道があるじゃろう」

「国は越えないわ。あたしたちはこの山の奥地へ向かうのよ。何もないはずの〝ここ〟にね。予想では、おおよそ七日くらいかしら」

なるほど往復で二週間。快適に進めるなら補給要因の荷物運びを雇うのは妥当ということか。荷物の中には組み立てのテントもあるし、野宿がメインとなるじゃろう。しかしこの場所は何か見覚えがあるような。いや違うか。

「クロスくん」

メルヤが声をかけてくる。

「一つだけ約束してほしいの。確率としてはかなり低いんだけどぉ、私たちと一緒にいるとちょっとした事件に巻き込まれる可能性があるの」

「それはいったい……」

「今はまだ言えないわ」

ファーシラが続けて喋る。

「そのときはあたしたちがあんたを守るし、もしもの時は逃げろという指示に従ってほしい」

ふむ、何か事情があるようじゃな。三人娘の旅の目的に関することなのかもしれん。儂の役目はあくまで荷物持ち。雇い主の指示に従おう。儂は頷き、指示に従うことを告げた。

「じゃあ出発っ！」

三人娘が手を上げ、儂も習えと睨まれたので同様に手を上げることにした。仲間として扱われていることに少しだけ微笑ましくなる。こうして三人娘との旅は始まった。儂は荷物運びとして基本は後ろで待機。戦闘は三人に任せて高見の見物じゃった。そして夜。

「おお……」

「美味しそう」

長い旅路となるので夜は山の中で野宿となっている。そんなわけで儂が少女たちのために料理を振る舞っているのだ。狩って得た肉を香辛料を使ってしっかり味付けをし、満遍なく焼いていく。近くに川があったおかげで水や川魚も得て、しっかり煮沸して活用。蒸してやると魚は美味しくなるんじゃよ。ファーシラが魔術師で炎を扱えるのが大きい。

「おぬしらは普段なんの料理をするんじゃ？」

「焼いてるだけね」

「焼いてるだけねぇ」

「生で食べてる時もある」

「若いんじゃからちゃんとしたものを食べんといかんぞ」

聞けば保存食をそのまま食べるか。まる焼きにして食べてるらしい。水や香辛料を使うだけで全然変わってくるんじゃがな。できあがった料理は三人娘があっという間に平らげてしまった。

「美味しいっ、やるじゃない！」

「ほんとクロスくんなんでもできるのねぇ」

「ん、いける。おかわり」

評価は上々。だが儂は別に料理が上手なわけではない。

「あたしもメルヤも家での料理はできるんだけど……外の料理はね。火加減とか難しいじゃない？　食中毒になったらかなり困るし」

「回復術師は傷を治せるけど病気は治せないから」

「薬師とは違うところじゃな。ルージュはできんのか？」

「ボクは食べる専門」

「ルージュちゃんはね。戦闘以外な～んにもできないの」

「強さと見た目に特化してるからね」

結構きついことを言うのう。この三人は幼馴染という話じゃし、いろいろあるんじゃろう。

儂はこの娘たちとは逆で家で食べるような大衆料理をほとんど知らぬ。前世では外で野宿してる期間のほうが長かったしな。若返ってからも故郷で母上が作ったものを食べていた。儂が秀でていたのは屋外で調理する飯である。

「おぬしたちでもできそうな料理を教えてやる」

「助かるわぁ！」

食事も終え、あとは寝るだけとなった。テントは三人娘たちが使い、儂は外で見張り番をしつつ寝袋で休んでいた。最初見張りは交代制としていたがそれは断り三人娘たちをしっかり休ませることにした。なぜなら儂は前世で一人旅をしていた結果、寝ながら見張りができる能力があるのだ。ゆえに他人の見張りなど不要なのじゃ。

何度か夜行性の魔獣に襲撃されたが、朝起きたら魔獣は肉と骨と皮だけになっていた。ほとんど寝ながら解体してるとメルヤとファーシラに怖がられたが、美味い肉を食わせてやったら何も言わなくなった。二百年外で生活してたら誰でも寝ながら解体くらいもできるようになっとるぞ。

そんな感じで少女たちとの旅は思いのほか楽しかった。メルヤとファーシラが地図やコンパスを取り出し、進行の最後の確認を行っていた。目的地まであと少しのようだ。

街を出て今日で六日目。あの歳でここに来るまでこれだけの日数でたどり着けたのは見事なもんじゃや。若いが旅慣れてるってのは大きいな。ま、儂なら二日もあればここまでたどり着くが。ただ気になるのはやはりこの場所見覚えがある気がする。

「ふわぁ」

ルージュはあくびをして他の二人を待ちわびていた。

「おぬしは完全に任せっきりなんじゃな」

「ん。できないことはやらないようにしてる」

儂もマイペースなほうじゃがこのルージュという少女はぶっちぎりな気がする。食事の準備も一切やらんからな。いや、試しに手伝わせたらとんでもないポンコツを発揮したんじゃった。

戦闘はすごいんじゃがメルヤの言うとおりそれ以外何もできないというのは過言ではなかった。まぁ戦闘技術は厳しめの儂が評価するほどだし、見た目も突出して美しいからそれで十分なんじゃろうな。

「ねぇ……」

ルージュから話しかけてくるとは珍しい。いつも寝てるか飯を食ってるところしか見ないんじゃが……。

「クロスは」

「二人とも先行くわよ～！」

「どうやら進むようじゃ。歩きながらでいいか？」

ルージュは首を振った。

「今じゃなくてもいい。行こ」

すんとした顔でルージュは二人のところに向かっている。何を考えているかわからんのう。

今まで会った少女とは違うタイプで対応が難しい。元来儂は人付き合いが得意ではないからな。

シャルーンやスティラのように明るく、よく喋る子ばかりではないのは当然じゃ。

だが、出会った時は儂に見向きもしなかったが、この旅が始まってから幾度となく視線を感じる。正確には、あのブラックバードを倒してからか。

「まぁいいか」

それからも旅路を進み、お昼ご飯を食べるのに丁度いい場所へと出る。山間で涼しい風が通る峰の辺りであった。朝に仕込んでおいた食事を彼女たちに配る。

「いよいよ到着ね」

「ええ、楽しみねぇ」

この旅の目的とやらを儂は知らない。儂の仕事はあくまで荷物運びであり、あえて聞かないようにしていた。

「クロスのおかげで想定よりも早くたどり着けたわね」

「それにクロスくんのおかげで食事も現地調達できたから食料もほとんど減ってないのよね」

「現地で採れるならそれに越したことはない。水場も豊富じゃったしな」

必ずしも獲物や水が毎回採れるわけではない。持ってきた食料はなるべく使わないほうがいいのじゃ。儂はずっと重い荷物を持ち続ける羽目になったが、それも役割と言えるだろう。

食事の間ファーシラが儂のことをじっと見ていた。

「クロスにあたしたちの旅のことを話してもいいかな。信用できると思うし、みんなはどう？」

「いいと思う」

「ええ。また荷物持ちを頼む機会があると思うし、いいと思うわぁ。むしろこのパーティに入らない？」

「旅に出る前は女だったらって言ってなかったか？」

「あれだけ野営に長《た》けてるとは思わなかったもん」

「確かに。あたしたち三人で旅してた時より快適だもんね」

儂はその誘いに首を横に振った。

「儂は運び屋として今の仕事に満足しておるんじゃ。こうやってたまの出張は受けてもいいが、基本お断りさせていただく」

「ざんねん」

メルヤが本当に残念そうにおどけてため息をついた。

「本題に入るけどあたしたちってどういうパーティに見える？」

ファーシラの唐突な問いに考える。メルヤとファーシラが十八歳でルージュが十六歳だったか。成人して旅に出る若者は後を絶たないが……この三人はそれにしたって強すぎる。儂が前世でこの子たちと同い年の時は、奉公先で泣きべそかいて仕事しておったわ。

なので。

「何かの使命を胸に旅をしている。そんな風に思える」

儂はルージュを見た。

「それもルージュを中心としたな」

その言葉にメルヤとファーシラが驚いた表情を見せた。どうやら正解だったようだ。二百年、人を見てきたんじゃ。それぐらいたやすいわ。じゃがそれが何かはわからない。ルージュは口を開く。

「ボクは雷鳴の力を持つ、雷鳴の勇者と呼ばれているんだ」

「ほぅ、雷鳴とな」

「そして魔族の長、魔王を討伐することがボクたちの役目なんだ」

「勇者、魔族、魔王……。初めて聞く言葉じゃな」

二百年以上生きていても世の中にはまだまだ儂の知らないたくさんの言葉が存在する。特に一人で生きてきた後半百年は一層世間に疎くなっていただろう。

「オッドアイの眼を持ち、雷鳴の術を行使する者。それが魔を祓《はら》う勇者の証だと言われてるのよ～」

「確かにルージュそのものを指すな」

雷の術は元来希少な技術であった。突然変異と呼べるもので儂がまだ人と関わり合いがあった前半百年でも数が少なかったように思える。雷の術は魔獣に効果が高く、魔を祓うという言葉はそこから来ているのかもしれんな。

「魔族とは古《いにしえ》に魔獣が進化し人の形を成すようになった者たちのことを言うのよ。恐ろしい暗黒の術、闇冥《あんめい》の力を操ることができる。大小あるけど角《つの》があるのが特徴ね」

「ほぉ～」

「彼らは魔界という異世界に住んでいて、この我々の世界、人間界を狙ってるのよ」

それなら前世で見たことあるかもしれんのう。たしか六十年くらい前に何か変な場所に迷いこんだ際、角持ちの奴らに襲撃と勘違いされたっけ。命を取られそうになったが返り討ちにして王と名乗る者を殲滅してやったわい。大した実力もなかったが、あれが魔族なのか。

「今から百二十年前、大崩壊があったのは誰もが知ってるわよねぇ」

「うむ」

大崩壊──百二十年前に世界中に突然起こった自然災害のことじゃ。ある場所では地震が発生し、ある場所は津波が起き、ある場所は火に呑まれてしまった。

「たくさんの人々が死に、あれほど己が無力だと感じたことはない」

「なんか見てきたように言うわね」

実際見てきたからな。あの事件で儂を知る者はほとんどが死に絶え、世界人口のかなりの数が減り、幾多の国がその日に消滅してしまった。王国もかなり打撃を受け、立て直すのに数十年を使っていた。国や人だけじゃなく、多くの技術もまた失ってしまっている。今の世で再現できない技術が非常に多いのじゃ。

「それが魔王の仕業と言われているのよ～」

「あんなことが一人でできるものなのか。すごいのう」

「確実ではないけどねぇ。そうじゃないかって記述が残っているのよ～」

「今から約七十年前、王国の英雄、雷帝ストラリバリティが手勢を連れて魔界へ魔王討伐に向かったらしいの。さすがに知らないわよね？」

なんだかややこしい昔話になってきたな。

「ストラリバリティという名はもしや」

「ん、ボクの曽《ひい》お祖父ちゃんらしい。会ったことないけど」

雷帝という言葉から雷鳴の術を使うことができたんじゃろう。

「戻ってきた雷帝のおかげで大崩壊は魔王が行ったこと。魔族が住む異世界である魔界の存在が本物であることがわかったわ。雷帝は王国の剣聖の師でもあったから信用されたみたい」

そういえばシャルーンも先代の剣聖に剣を教わったと言っておったか。

「雷帝は魔王を倒せたのか？」

その言葉に全員が首を横に振った。

「たどり着けなかったそうよ。魔王軍の幹部の一人と戦って辛くも勝利したんだけど、全滅しかけて戻るしかなくて……。それにそのときの傷が原因で戻られてからすぐに亡くなられたそうよ」

「そうか……。そうなるとおぬしらが生まれる前の話となるのか」

「それから数十年の間に魔族がこちらの世界に偵察に来ていたことがわかったの」

「なんじゃ。魔王が死んでないのであれば魔族が一気に攻めてくるのではないのか？　少なくとも雷帝よりは強いんじゃろう」

儂の問いに三人は答えなかった。答えはない、そういうことか。儂が一人旅をしている間は異世界なんて全く知らなかったな。世界は広いということじゃ。

時々時空剣技を使ってよくわからない世界にたどり着くことがあったが、それが異世界だったかどうかは知らぬ。そういや角の生えた者たちに羽根が生えた者もおったかぁ。結構殲滅した記憶があるが……昔すぎて詳しく覚えておらん。

「そして十年前。各国から集められた精鋭百人が魔界へ魔王討伐に向かったの。結果は誰一人として戻ってこなかったわ」

「雷鳴の術を使える者はいなかったのか？」

「七十年前も雷帝以外は誰も使えなかったからねぇ。雷帝の一族もほとんどの人がその力を受け継がなかったの。でも十年前の戦いの直後、雷帝の一族の娘に雷鳴の力が覚醒したわぁ」

「それがルージュというわけか」

それが魔王討伐に繋がるというわけか。百二十年前の大崩壊から始まって今に至るわけじゃ。

「それでおぬしたちは魔王を倒すための旅をしているのか。しかし雷鳴の力があるとはいえ、三人で旅をするのは無謀ではないか？」

「旅をしてるのはあたしたち自身の力をつけるためと、決戦の時のために有力な人材を見つけるためかしら。王国の第二王女様もその候補に入っているわよ」

自分たちの足で戦力になりそうな人物を見定めているということか。雷鳴の力の覚醒率を考えれば次はないと誰もが思っているのかもしれん。

「そしてもう一つ旅をしている目的があるの。ルージュ、出して」

ファーシラに言われルージュが背中に携えた鞘入りの剣を取り出す。

「これが曾お祖父ちゃんの形見の勇者の剣。雷鳴の力を増幅させる力があるの」

「曾孫であるおぬしに語り継がれる縁の剣というわけか」

「雷帝が残したボロボロ手記を読み解くと、雷帝は孤高の鍛冶師と呼ばれた伝説の鍛冶師と魔界で出会ったらしいわ」

勇者に魔王に雷帝に伝説の鍛冶師。役者が多いのう。

「雷帝はその孤高の鍛冶師が打った剣を魔界で授かったのよぅ。そして世界中の秘境地に鍛冶師の鍛冶場があって、そこには封印されし伝説の武器があると言われたらしいの〜。私たちはそれ目当てで孤高の鍛冶場を訪れているのよぉ」

「するとその鍛冶場とやらがこの先にあるのか」

「ええ、封印されし伝説の武器があたしたちの力になるって信じてね」

こんな話は信用した奴でなければ話せないな。ルージュの持つ剣やすでに回収した武器は、今の技術ではとても作れない高度な鍛冶技術で作られているらしい。百二十年前の大崩壊で製造方法を失ったものらしく再現できていないとか。たくさん見つかればいいなと思う。ファーシラたちが立ち上がる。

「そろそろ行きましょ。日が暮れるまでには到着したいしね」

片付けをし、再び旅路を開始する。ルージュが剣を片付けようとしたので声をかけることにした。

「儂も剣にある程度造詣があるのでな。見せてはくれんか」

「ん」

ルージュは普通に剣を見せてくれた。ふむ、これが孤高の鍛冶師が作ったとされる勇者の剣か。確かに名剣じゃな。刃先も硬度も儂の好みじゃ。これだけの物が作れる若者が儂以外にも……。孤高の鍛冶師、見事なり。うむ？

そこで気づいた。

「これ」

ルージュには気づかれないようにボソリと思わず言葉が出た。

「これ、もしかして前世で儂が作った剣じゃないか」

しかも捨てていいレベルの剣なんじゃが。


それから二時間ほど歩いて目的地である孤高の鍛冶場とやらに到着した。儂は嫌な予感がしていた。そう……若干地形が変わっていたが進む道に見覚えがあったのだ。

「ここが孤高の鍛冶場よ！」

ファーシラが指し示した先、メルヤもルージュも期待した目でその場所を見ている。儂だけがその場所を見て頬をひくつかせた。そう、そこは紛れもなく前世の儂が造った野営場であった。人嫌いであった前世の儂が寝泊まりするために造った場所じゃ。

わりと最近行ったばかりでもある。スティラとポーション作りの道具を回収したのも儂が造った野営地の一つである。あれは水都近くの野営場じゃったか。この世界には儂が造った野営地が無数に存在する。つまり前世の儂が孤高の鍛冶師だったという話だ。孤高ってなんじゃ。余計なお世話じゃ！

この世界で儂が造り上げた十そこらの野営地の内の一つ。確かにここまでの道筋にどこか見覚えがあるとは思っていた。前にスティラと行った水都近くの野営地と違い、ここにはあまり来ていなかったからな。長年で忘れてしまうのも無理はない。しかし孤高の鍛冶場とは、儂の野営場がそんな名で呼ばれることになるとは。

「今回も遠かったわねぇ。慣れた私たちで人里から一週間かかるなら、普通の人なら一ヶ月はかかるんじゃないかしら」

前世の儂なら一日ほどで行けるがな。そんな遠くに造ったつもりはない。

「こんな場所に鍛冶場を造るなんて、孤高の鍛冶師ってどんな人だったのかしら。街に作らない時点で偏屈で癖の強そうな人だったんでしょうね」

やかましいわ。だが正直前世の儂なら否定はできん。赤子の頃に親の愛を受けたおかげでここまで温和になることができたんじゃ。前世の儂はなぜあそこまでとがっていたのか。

三人はすぐに鍛冶場の方へと向かう。ここで刀や工作道具を直しておったからのう。

「のう、おぬしたち」

「ん？」

三人は儂の声に振り返る。

「あそこに調薬道具があるんじゃがあれは貴重ではないのか？」

「ボクは興味ない」

「あたしも別に。薬ならメルヤじゃないの」

「私は回復術師であって薬師じゃないもの。薬草の見分けとかできないし」

三人とも全く興味を持っていなかった。ううむ、嘆かわしい。スティラも鍛冶場の方には見向きもしてなかったからな。最終的には調薬場としか見てなかったし。全てに興味を持つにはまだ若すぎるか。

「見つけた！　伝説の武器」

どうやら何かを見つけたようだ。その場所へ向かうとファーシラが嬉しそうに見つけた杖に頬ずりしていた。

「見なさいクロス。孤高の鍛冶師が打った伝説の杖よ。あたしが使ってる物に比べて性能が段違いだわ。こんなすごいの見たことない」

「やったねファーシラ」

「戦力アップね〜」

良かったのうと言いかけたが、あまり感情が乗せられない状況なので言えなかった。

「その杖。こ、ここで見つけたのか」

「ええ、神々しく地面に安置されていたわ。あたしが手に入れるのを待ってたみたい」

基本、刀と工作道具しか作らない儂じゃが、きまぐれでその他の武器や防具を作る時がある。旅先で見つけてきた余った伝説級の素材で作っているので、性能はきまぐれの割には高い。じゃがやはりきまぐれはきまぐれ、だいたいは草むらに捨てたり今回のようにゴミ捨て場の鍬《くわ》代わりに地面に突き刺していた物を、ファーシラは安置させていたと勘違いしたらしい。ゴミ捨て場にあった武器を神々しいと頬ずりするとは……。

「ルージュの剣。あたしの杖。メルヤ用のメイスが手に入れば最強ね」

「ええ、次の鍛冶場を探しましょ！」

そうしてゴミあさりをして装備を入手していくのか。メイスも作って捨てた記憶があるからどこかにはあるじゃろうな。しかしこの真実を知った時、この勇者パーティの女子たちはどう思うんじゃろうな。まぁええか。前世の儂はもうこの世にはおらん。勝手に使えば良かろう。うーむ、……今の儂なら鍛え直せばその杖も勇者の剣ももっといい武器になるんじゃがのう。だがそれを言うわけにはいかない。説明が面倒くさい。はぁ。

「そろそろ日が暮れるし、今日はここで休むぞ」

野営所といっても立派なハウスがあるわけではない。雨風がある程度防げるくらいの小屋があるだけじゃ。しかし数十年放置していたこともあり小屋は屋根がボロボロになってしまっていた。ここにはあまり来ていなかったからなぁ。小屋で休むよりテントを張ったほうがいいという感じだった。

今日は目的達成ということでちょっと豪勢な晩ご飯に三人娘もご満悦。うむうむ、子供の笑顔はやはりいい。運び屋の仕事が落ち着いたら外食専門の料理人になるのもいいかもしれんな。食後はたき火をしてのんびりと過ごす。しかし雲の動きが何やら虚ろ。ううむ。今日の夜は雨になるかもしれんな。

「クロス」

外でのんびり空を見ていた儂に声をかけてきたのはルージュであった。残りの二人はすでにテントに入ってしまっているので二人だけの状態。

「ちょっといい？」

言葉が少し辿々しいのが特徴的か。しかしルージュの金髪は夜の暗闇にもよく映える。オッドアイの瞳がたき火の炎で照らされ神秘的な姿にも見えた。やはり美しい。あと五十年老いれば儂好みの女子へ成長するだろう。しっかりと育ってもらわねばな。

「ボクと一戦交えて」

「ふむ」

ルージュからの視線には気づいていた。きっと、この機会をずっと待っていたのだろう。

ブラックバードを倒したあのときから、ルージュは儂の動きを見据えていたに違いない。

「儂はただの運び屋じゃぞ。勇者様とは素養が違う」

「でもキミは強い。今日までキミのことをずっと見ていた。足運びとか体の動かし方とか、素人《しろうと》じゃないよね。あれだけの荷物を持っているのに疲れた様子も全く見せない」

「今日はえらく喋るのう」

実力を隠すことはあっても、お仕事は手を抜かない性分じゃ。手を抜いて無駄に疲れたくはない。ルージュは鞘から剣を抜き、儂に向かって構える。やれやれ若いゆえに浅慮じゃな。

「たった一攻防でいい。普通ならそれで実力がわかるから」

普通ではない。それで実力がわかるのは勇者か剣聖姫か、前世含めて二百年以上生き続けている運び屋くらいなものよ。雨がぽつりぽつりと降ってきた。儂とルージュの体を少しずつ濡らしていくが、引く気はなし。仕方あるまい。ならばお望み通り一攻防してやろうか。

儂は愛用の黒太刀を一本抜き、ルージュに向けて構える。勇者のみが使える雷鳴の力。その力自体は聞いたことがあったが、かつての大崩壊により素質を持つ者がほとんどいなくなった。わずかに残るその力を持つルージュとの対峙の機会は損ではない。お互いに剣を構えると、ルージュの体に雷の力が宿り、バチバチと音を立てる。

天候はさらに悪化し、雨脚《あまあし》は強くなった。天候すらも操る力を持つということか。そうして天から雷が落ち、轟音が周囲に響いたと同時にルージュが飛び出してきた。真っ直ぐで力強い突撃だ。まだまだ若いな。だから躊躇を知らず、強力な雷鳴の力を信じすぎてしまう。

「宿れ雷鳴の力。――ライジングスラッシュ」

雷の力を帯びた一撃はショック状態を発生させ、当たれば動けなくなってしまうだろう。儂の黒太刀は導電性が高い。まともに打ち合えば感電し、あっという間に戦闘不能になる。

じゃが。

「っ!?」

問答無用で黒太刀を勇者の剣に叩き付ける。雷鳴の力による勝利を信じていたルージュの表情が一変する。感電を避けて逃げると思ったか？　甘いな。勇者の剣に雷鳴の力が注ぎこまれるが儂が感電することはない。

「なんで……」

「なぜかって？　それは時空の彼方へ雷を逃がしておるからなぁ」

時空剣士と呼ばれる所以。時空剣技を使って、ルージュの雷鳴の力を時空の彼方へ逃がしているんじゃ。それは雷鳴の力を無効化しているに等しい。

だから今は単純な力勝負。たかが十六歳程度の少女に負けるはずがない。ガキンと勇者の剣を弾き飛ばす。得物を失った時点で勝者は決まっている。実力の差というものがわかったじゃろう。ルージュは飛ばされた剣に視線を向け、やがて儂の方へと戻る。そして。

「むうううううぅぅ！」

語彙力なく大きく頬を膨らませて怒っていた。実に可愛いなぁ。爺気分なら負けてもいいと思えてきたわい。ルージュは何も考えてなさそうで意外に負けず嫌いのようだ。

「時空の彼方って何？」

「説明は難しい。知りたければ鍛練あるのみじゃな」

「むぅ」

全ての技術は鍛練の先にある。時空剣術もまた鍛練の先に得たものじゃ。ある日、突然時空が斬れるようになった。儂が知るのはただそれだけのことじゃ。

「……」

ルージュは少し俯いた表情を見せていた。雨の中でも見た目が整った少女の憂いた姿は絵になる。先ほど弾き飛ばした勇者の剣は儂が拾ってあげることにする。勇者の剣、記憶が微妙じゃが確かに六、七十年くらい前に雷鳴の力を持った若造と出会い、たまたま手持ちの剣を渡してやった記憶が残っておる。雷鳴の力を増幅させる鉱石を使ったとはいえ儂からすればお遊びの剣。まさか勇者の剣という名で語り継がれることになるとは。

野営場のことまで話した記憶はさすがにない。でも知ってるんだから話したんじゃろうな。あのとき、儂はどのようにしてあの若造に出会ったんじゃろうな。そうじゃ。なんかその後角の生えた偉そうな奴らと交戦した記憶があるんじゃがだめだ、覚えておらん。エクスポーションの時のように屈辱の思い出は末代まで忘れんが大した戦いでないことは覚えておれん。

「ほれ、勇者の剣じゃ。しっかり手入れもしておるな。きっと作った者も喜んでおるぞ」

「そうかな」

儂が作ったんじゃからその通りじゃ。だがルージュの表情は浮かない。

「ボクはもっと強くならないとだめなのに……。誰よりも」

ピカッと雷が光り、雨は降りしきる。

「ボクは魔王討伐のために旅をしている。でもボクはその使命の裏でパパを捜すことを第一に考えてるの」

「父親か？　どういうことじゃ」

「パパはね。十年前の魔界遠征のメンバーに選ばれた人なんだ」

そういえば言っておったな。百人くらいの選りすぐりメンバーで魔界へ向かった。そして戻ってこなかった。十年戻ってきていないのであれば生存は絶望的かもしれん。

「パパは絶対生きてる。あんなに強かったパパが死ぬはずがない。だからボクはパパと再会した時に強くなったボクを見てもらうつもりなんだ」

「うむ」

「でも最近は伸び悩んでる。ブラックバードの件もクロスが反応してくれなかったらファーシラとメルヤを巻き込んでいた。二人はボクをいっぱい支えてくれてるのにボクは今、すごくぐらついている」

悩み多い年頃じゃ。雷鳴の力を持つ者は少ないし、ルージュを超える実力を持つ者も少ない。その悩みはすぐには解決せぬじゃろう。魔王討伐だけでも過酷なのに、この子はたくさんの使命を抱えておるのだ。まだ少女と呼べる年齢だというのに勇者パーティのリーダーとして頑張ろうとしているのだろう。

この子と同じ年頃の時、儂はそんな重圧を抱えていたか？　あるはずがない。その頑張りを称えてあげる大人がきっと必要じゃ。儂がそれになろう。

儂はルージュを抱きしめて頭を撫でてあげることにした。父親代わりは無理にしてもそれに準ずる気持ちで褒めてあげたいと思ったのじゃ。

「クロス？」

「おぬしはよくやっておるよ。安心せい、きっとおぬしはもっと強くなる。儂が保証してやる」

「ありがと。ふふっ、なんだかクロスにハグされると安心する。パパ……いやお祖父ちゃんみたい」

「ふむ。ならば儂がおぬしの祖父になろうか」

「それはいいや」

なぜじゃ。スティラにも断られたし、なぜ儂はお祖父ちゃんになれんのだ！　だが、ルージュに少し笑顔が戻ったようで儂も一安心じゃ。

「でもクロスと一戦交えてなんだかすっきりした。ボクの全力を受け止めてくれたクロスに感謝してる。ボクの直感は間違ってなかったんだ」

「なんの直感をしたのやら」

「クロスは勇者パーティの一員になるべき存在」

「断る」

「むう！」

「それしか言えんのか」

まぁ彼女らとの旅は楽しそうではあるがな。

「ちょっと二人とも何してんの！　ずぶ濡れじゃない」

テントから顔を出したファーシラの怒号が飛ぶ。そういえば大雨が降っておったな。

儂はルージュの手を引っ張り、テントの中に押し込んだ。

「風邪を引かないようにしっかり拭いてやってくれ」

儂はテントから離れようとする。

「クロスくんはどうするの。あの小屋は……ちょっと雨よけにならないよねぇ」

天井が陥没しており、小屋はもう使えそうにない。

「気にするでない。そこらの陰で休むとしよう」

雨の中での睡眠など慣れきっておるわ。ちゃんと体を温めれば問題ない。冬の時期でもないしな。

ファーシラとメルヤが見合う。

「良かったら今日はここで寝る？　一人ぐらいならスペースもあるし」

「いいのか？」

「あんたが悪い人間じゃないのはわかってるし、今回だけサービスよ」

「そうか。なら遠慮なく」

許可をもらったので汚れを拭いて三人娘のテントに侵入することにした。

「堂々と女の園に入ってきたわね。少しくらい躊躇しなさいよ」

「チャンスは逃さないというのが家訓なのでな」

長旅をするためか大きくて頑丈なテントを使用している。実際はテント型の魔法具であり、外から見るより中は広く、普通に住めるのではないかと思うくらい広い。おまけに外からは開けられないので外敵からの攻撃にも強い。女三人で旅している以上当然か。

ファーシラもメルヤも旅の服を脱いで身軽な緩い寝間着となっている。ちらっと見るとファーシラが反応した。

「ふーん、クロスもやっぱり男の子なのね」

「おねーさんたちが膝枕してあげようかなぁ」

成人したての儂はこの中で一番年下じゃ。元来年下というのは一番からかわれるもの。じゃが真実は違う。いくら三人娘が無防備な格好をしていても儂は一ミリも惑わされることはない。儂にはこの三人娘が幼女にしか見えてない。二十歳以下は儂にとって少女、幼女カテゴリーじゃや。幼女が何をしたって可愛い以外の感情は浮かばない。そういうもんじゃよ。

じゃが意識する気もないが、全く意識してないと告げるのも相手にとって失礼。儂は大人じゃからな。よく知っている。

「おぬしたちはとても魅力的じゃからな。こうやって親密に話せることを嬉しく思っておるよ」

にこりと笑ってみる。するとメルヤとファーシラが顔を赤くして背けた。

「そ、そう。それなら良かったけど」

「もう！　そんな笑顔はだめよぅ。年下好きがバレちゃう」

ルージュも儂も随分ずぶ濡れになってしまった。しかし気になることがある。

「ルージュ。髪は濡れているのに服は濡れておらんな。どうなっておる」

ルージュの着ている虹色の服はあれだけの雨にもかかわらず、すぐに乾いていた。

「これは虹の羽衣。ボクのお家には家宝となる魔法の装備が残されているの。あらゆる属性の魔法に耐性を持っていて、装備者の年齢に応じて姿を変える伝説級の防具。ボクのお気に入りでとても可愛いからいつも着てるの」

可愛いのは間違いないが、肌色面積が多すぎて若者の目に毒なのも事実。

「年齢に応じてと言っておったがその割に小さすぎないか」

「ん。作製者が貧乳だったんじゃないかって言われてる」

作製者の十六歳がベースじゃったのか。逆だったら着れないし、小さく作って正解だったのかも。

その後は濡れた体をファーシラの魔法で温めてもらい、寝るまでの間雑談が始まる。そこではお互いの故郷のことを話し合った。メルヤやファーシラは代々ルージュの一族を守護する家系で、攻撃魔法や回復魔法に長けていたそうだ。ルージュが旅に出る時に一緒に行くのは決められていたようで、三人の絆が非常に強いのも頷ける。

「ふぅ……」

メルヤは少し疲れたようなため息をついた。

「まだ早いけどもう寝る？」

「眠たいわけじゃないのぉ。どうにも最近体がこっててね」

「わかるわかる。あたしもなの。街に戻ったらエステに行こうかしら」

　確かに三人全員疲れがたまっているように見える。いくら外の旅に慣れているといっても十年単位の経験ではない。疲れは少しずつたまってしまうもの。テントでの睡眠では疲れを取りきることはできぬ。

「ならば儂がマッサージしてやろうか？　筋肉の流れを読めばある程度どこが悪いか見えてくる」

「え」

　メルヤとファーシラは目をぱちくりとさせた。

「故郷でもよくやっておったからな。儂の指使いは男女問わず好評じゃぞ」

　父上も母上も村の若造たちみんな施術をしてやったからのう。儂は薬術を覚える過程で人類の体を熟知するようになった。ツボを刺激させて体を活性化させる術を得意としている。

「じゃ、じゃあお願いしようかしら」

「メルヤ！　いいの？　相手は一応男の子よ」

「疲れてるのは事実だし……クロスくんに邪《よこしま》な気持ちがないのはわかってるからぁ。それに年下の子相手に断るのは、おねーさんらしくないじゃない？」

「それはそうだけど」

　何やら二人でこそこそ話をしているが儂としてはどっちでもいい。施術することには変わらんからな。

　メルヤをマットの上に仰向けで寝かせる。薬草を混ぜて作ったジェルを手にすり込ませて、メルヤの背中に塗りたくる。

「ひゃうっ」

甲高い声を上げるが気にしない。儂には産声《うぶごえ》にしか聞こえんからな。白い肌に触れぬりぬり、体を少しずつ温めていく。ファーシラが横から監視するように見てくるが……儂はやることをやるだけよ。

「なるほどな。補助魔法の使いすぎで血行が悪くなっておる。安心せい、これならすぐ良くなるぞ」

「ほ、ほんと？」

「では行くぞ」

「ひゃあああああっ！」

思いっきり肩を揉んでツボに指を入れてぐりぐりと回す。

「メルヤ大丈夫!?」

「あ、あ、あ……キモチイイっ」

「へ」

「儂の施術は快楽に溺れるようにしておる。クセになると思うぞ」

「快楽!?」

「すけべえな意味ではないぞ」

「わ、わかってるわよ」

ファーシラは顔を赤くして訴えてくるがそうは見えんな。ま、この年頃の小娘の脳内なんてそんなもんじゃろう。

「人は常に快楽を求めておる。その先に癒やしがあれば良い」

こうして施術は無事終わった。

「ふぇぇぇ……とても良かったよぉ」

「おっとりお姉さんキャラのメルヤが幼児化してる」

「このままゆっくり眠れば明日は快適のはずじゃ。で、ファーシラはどうする？」

「えっと……。お願いしようかしら。変なところはなさそうだったし」

ファーシラは顔を赤くしてドギマギとする。

「あたしも気持ちよくしてほしい」

「あいわかった。横で寝るといい」

同じようにファーシラにも施術を行う。魔術師ゆえに魔法を使う臓器が疲れておるな。その辺りを揉むようにする。

「うぅ！　こ、これはすごいわ。メルヤが骨抜きにされる理由がわかるかも」

「おらおら我慢するでない。もっと気持ちよさそうにせんかい」

「ああっ！　だめぇ。これ以上されたらあたし……もうっ！」

「さて本気で行くぞ」

「う、嘘。これからが本気？　ああっ！　らめぇえええっ！」

施術完了。

「はぁ……はぁ……。こんなの初めてぇ」

「すごかったわよねぇ。クロスくんの手技。やみつきになりそう……」

いい顔になったな。この前社長にもしてやったら一瞬邪気が飛んで明るくなったからのう。マッサージを商いにしてもいいのかもしれん。さて……最後は。

「ルージュ、おぬしもどうじゃ」

「……」

ちらちらとこちらを見ていたルージュ。どうやらかなり気になっているようじゃ。儂の見立てだとこの二人よりもルージュの体のほうが戦いでは負荷が大きいように見える。雷鳴の力に前衛として剣を振っておるんじゃ。体に疲れがたまって当然か。伸び悩んでいる理由の一つとも言える。

「ボクはいい」

無理に受けろとは言わん。断るならそれも仕方なし。疲れているのは見てわかるのになんでじゃろうな。そんな様子にメルヤが声を上げる。

「ごめんねクロスくん。本当はルージュちゃんもマッサージを受けたいんだけど理由があるの」

「理由？」

「実はルージュちゃん。すっごくくすぐったがり屋だから触られるのがだめなの。肩とか触れるだけで震えちゃうから遠慮してるのよ」

「そうじゃったか。安心せい。儂の施術はそのようなことはない。ちゃんと気持ちいいだけじゃ」

「ほんと？」

「うむ」

百年以上磨いた儂の施術の腕に失敗などない。ルージュにもちゃんと安らぎと快楽を与えてやろう。

ルージュはかなり躊躇していたが、二人に勧められマッサージを受けることになった。ルージュをマットに寝かせる。ううむ、これは思ったよりひどいな。しっかりと施術してやらねば二十代くらいで体を壊してしまうぞ。魔王を倒すため、父を捜すために過剰に鍛錬をしているんじゃろう。儂はルージュの背中に手をやった。

「あひゃっ!?　だめっだめぇっ！」

「まだ何もやっておらんが」

「ルージュちゃん、敏感体質だから」

「いくらなんでも限度があるじゃろ」

次は肩に手をやる。

「ひゃあっ。やめてっ、くすぐったい」

ルージュは首をくねらせて逃げ惑う。いつもは無表情なくせに随分と反応がいいな。これだけ動かれるとさすがにやりづらい。試しに脇腹をつついてみる。

「ふひひっ！」

思いっきり跳ねた。まな板の上の鯉のごとし。こやつ……。儂の施術を上回る敏感体質じゃと……。このままではちゃんとした施術ができぬ。まぁいい。最終条件はルージュの体に安らぎを与えることじゃ。そんなわけでルージュの脇腹をぐにぐにと揉むことにする。

「っ!?　あひゃひゃひゃ！　なになに、やめてぇっ！」

すごい反応じゃな。だがそれでいい。ちっ、暴れるでない。儂はルージュの背中のツボをグリッと押す。するとルージュはぴくりとも動かなくなった。

「十分動けなくなるツボを押した。これで暴れることはできん。だがこの状態では施術効果が半分になるのでな。続けるぞ」

「あははは!?　なんでなんでぇ!?」

再びルージュの脇腹を揉み続け、ルージュは笑い続ける。

「く、クロス……何やってるの？」

「くすぐったさはある程度続ければ慣れるらしい。なので徹底的にくすぐって疲れさせてから施術を行えばよい」

「さっき儂の施術は大丈夫って言ってなかったっけ？」

「くすぐったくないとは言ってない」

「あんた都合のいい性格してるわね」

「ああっ！　わ、腋はだめっ。きゃははははっ。メルヤ、ファーシラ助けてぇっ！」

「ほう、ここが一番弱いのか」

腋の下を五本の指でコリコリすると、とても嬉しそうに反応する。

「きゃははは！　死んじゃうっ！」

「この後死ぬほど気持ちよくしてやるから今は笑うとよい」

ルージュを仰向けに寝かせ腋を責め続ける。動けないルージュはビクビク震え、胸を揺らしていた。同年代の男子が見たら発情してしまうじゃろうな。儂は何も感じないが。さて、気にせずもっと責めよう。

「あああああっ！」

「ルージュちゃんがこんなにうるさいの久しぶりかも」

「そうね。十年前の件で勇者として自制する性格になったけど、昔はこんな感じだったものね」

昔を思い出し二人はほろりと涙ぐむ。

「よし、二人は足の裏をやってくれ。これで終わりじゃ」

「わかったわ」

二人が足の裏に指を走らせ、ルージュの反応がさらに上がる。

「あああっ！　三人はだめっ！　死ぬっ、死ぬっ！　あはははははっ！」

最後はルージュの体中に指を走らせて終了。これで施術を行うことができるな。

「あへぇ……無理ぃ」

汗だらけで涙目のルージュを見据える。腋の下に手を入れるとびくっと反応するがさっきまでのように暴れることはない。疲れきって動かなくなったな。よしここから気持ちよくさせてやろう。雷鳴の力の源は……心臓か。筋力と体の筋からして……ここじゃな。施術開始。

モミモミモミ。

「クロス、何をやってるのよ」

「マッサージじゃが」

「あたしにはルージュの胸を普通に揉んでるようにしか見えないんだけど」

「大胸筋とスペンス乳腺の接合部を揉みほぐすことで、血行と雷鳴の力の源を同時に治療しているんじゃや。リンパ節のほうをしっかり施術してやれば最大級の快感と治療を同時に行える……」

「あぁん……。だめぇ」

「本当に大丈夫なのよねっ！　ただエロいことしてるだけなわけないよねっ！」

幼女相手にするわけがなかろう。明日起きれば儂に感謝するはずじゃ。こうして騒がしい施術は終わりを迎える。

「ぐぅ……すぅ……」

「どうなるかと思ったけど気持ちよさそうに眠ってるわね」

「だから言ったじゃろう」

「胸だけならまだしもいきなり鼠径《そけい》部とかお尻とか触りだすから戸惑うわよ」

「仕方あるまい。雷鳴の力の源がその辺りに集中しておったんじゃ」

「最初の施術がルージュだったら絶対にやらせてないわね」

ファーシラのため息とともに、隣にいたメルヤも目が虚ろになってきた。

「今日はもう寝ましょうか。明日は街に戻らなきゃだし……」

「そうね。でも布団が三つで四人。どうやって寝よっか」

「儂は布団じゃなくてもいいぞ。おぬしらが自由に使うといい」

「クロスくんにはいろいろしてもらったし、あなたも疲れているわよねぇ。だったら」

どうしてこうなる……と思ったがまぁええか。そう、儂はファーシラとメルヤの間に挟まれて眠ることになってしまった。

「美女二人に挟まれるんだからいい夢見なさいよね」

「そーじゃのう」

少女二人ではいい夢は見れないのう。せめて五十歳まで老いてくれれば違うんじゃが。だがまぁくっつき合って寝るのもいいか。儂も人肌が恋しいと思うことはある。

明かりは消され、儂は目を瞑った。

「ぐぅ」

「ねぇ……メルヤ起きてる？」

「……起きてるわぁ」

「クロス、爆睡してるんだけど。あたしとメルヤに挟まれて一瞬で寝るってどんな感性してるの」

「私たちのこと女の子として見てないんじゃないかしらぁ。あ、でもクロスくんって体つきしっかりしてるし、顔も悪くないし、がっついてこないから結構いい」

「ちょ、意識するようなこと言わないで！　あたしたち……お姉さんぶってるけど異性と付き合ったことなんてないものね。男の子とこんなに近くで寝るなんて初めてなんだけど」

「今日、寝れるかしら」

「寝るしかないのよっ！　おやすみっ！」

「ふむ、二人ともいい匂いがする。もっと嗅がせてくれ」

「(ちょっとなんか抱き寄せてくるんだけど！)」

「(あわわ……どうなっちゃうのかしら)」

「(眠れない！)」

そして朝、目覚めた。


「ふわぁ」

いい目覚めじゃったわ。やはり布団の上で寝るのは格別じゃのう。おろ？　ファーシラとメルヤの肩を抱いてしまっておるな。やれやれ故郷の妹たちを思い出してあやすように抱いてしもうたわ。子供を抱いて寝るとよく眠れるという話は本当じゃな。

しかし二人はなんだか寝付きが悪いようだ。体は休めているので精神的なものか？　儂は一人で生きてきたゆえに精神の治療は門外なんじゃ。気にせず起き上がることにする。

雨は上がり、明るい日光が差し込んでくる。いい朝となったようじゃ。まだ三人娘たちは起きておらんな。雨は上がったとはいえ、外は濡れまくってるだろうし、今のうちに着替えをしておこう。

正直見られてもいいが男慣れしておらんようだし、気配は消しておこうか。儂は長年の経験で認識阻害の術を使うことができる。これをしておけば儂に気づかなくなるのじゃ。さてと、着替えるとしよう。

「うーーん、はっ！　メルヤ、メルヤ起きてっ！」

「なぁに……寝不足なのよぉ」

「寝不足なのはあたしも！　でもほらっ、全然体の動きが違うもの」

「えぇ？　でも確かに体が軽いかも！」

施術の効果があったようじゃな。ファーシラとメルヤも元気百倍になってるようだ。そのまま二人はルージュをたたき起こす。

「ルージュちゃんはどう？　体は元気？」

「ん。笑いすぎて変な所が筋肉痛になったけど……調子がすごくいい。雷鳴の力もスムーズに出る」

「ああ、良かった。胸をただ揉まれてるだけじゃなかったのね」

ええい、ちゃんと施術したわい。だが三人とも快調でいいことじゃな。

「クロスくんいないわね。外かしら」

「じゃあ今のうちに着替えましょ」

「ルージュちゃんも羽衣洗うからちょっとだけ脱いでね」

「ん」

三人娘が各々、寝間着を脱いで下着姿をさらけ出す。儂はまだ中にいるんじゃが、認識阻害の術を使った弊害が出てしまっているのか。

ファーシラは赤い上下の下着で体はよく引き締まっている。魔術師といえば貧弱なイメージがあるのじゃが長旅でちゃんと鍛えられているようだ。三人の中では一番大人しいがすらっとしているのはいいことじゃな。メルヤはクリーム色の上下に身を包んでいる。おっとりした性格から成熟した体型はそそられる小僧も多いじゃろう。いい成長をしておる。そして一番小柄なルージュだが肉付きは非常に良く、胸も尻もよく育っておる。雷鳴の力はその辺りの成長ホルモンを刺激するのかもしれんのう。今度はそういうことを考えてみるか。

って……長々見ていてはいかんな。テントから出たいがファーシラが入り口近くで着替えておる。これでは出られないじゃないか。認識阻害は触れられると解けてしまう。この状況で儂がテントにいることがバレるとめんどくさいことになるのはわかる。別に儂は幼女の裸体に興味はないんじゃが向こうはそうではないかもしれんからな。

「見てみてメルヤ。胸の張りがすごくいいの。サイズアップしたかも！」

「いいわねぇ。私はこれ以上大きくなると困るわぁ。ルージュちゃんはどう？」

「ボクも動きづらくなるから大きくなると困る」

「どれどれ。ルージュ、また大きくなった？　メルヤを抜く日は近いわね」

「あぁん、もうこれ以上大きくならなくていい」

「あの虹の羽衣を着るんならこれ以上は刺激強すぎて出入り禁止になるかも」

「こんなに可愛くてスタイルいいのが悪いっ！」

早く着替えを終わらせてくれんか。少女どもの絡みに興味はない。しかし仲がいいのう。そういうところは本当に羨ましい。せっかく若返るなら女になりたかったなとちょっと思う。

「ルージュちゃん。昨日の夜クロスくんと何してたのー？　雨の中で二人きりだったんでしょ」

「何もない」

「本当？　なんかあたしが見た時抱き合ってなかった？」

「……っ」

「ルージュちゃんが照れてる。何かあったんだわっ！」

「お姉ちゃんたちに話さないとこうよっ！」

「あひゃっ？　やぁっ！　くすぐったいやめてっ！」

ファーシラがルージュの脇腹をぐにぐにと揉んでルージュはたまらず倒れ込んでしまう。メルヤもルージュの手を掴んで空いた手で腋の下辺りを責める。

「懐かしいわねぇ。昔もこうやってルージュちゃんをこちょこちょしたわねぇ。反応が可愛いからたまらないわ」

「普段無口で胸を揉んでもあんまり反応ないのにくすぐった時だけすごいもんね」

「きゃははははっ。やあっ！」

しかし弄ばれておるなぁ。まぁそれもルージュの魅力というわけなんじゃろう。ルージュは組み伏せられ、二人がかりで責められて悶絶していた。

「何があったか話さないともっと続けるわよぉ〜」

「クロスが持ってたこの滑りやすいジェルを塗ればもっと効くかも。使ってみよ」

「きゃははは、助けてぇ。だめぇっ！　いやあああっ」

ファーシラが入り口から動いたためようやく入り口から逃げられそうだ。責められ泣き笑い続けるルージュを尻目にテントからささっと出ることにした。やれやれせっかくマッサージしたのに疲れさせてどうする。滋養に効く朝飯を作るとしようか。

それから朝ご飯を作ってる内に三人が出てきた。すっきりとした顔のメルヤとファーシラと違いルージュはへとへとに疲れきっていた。あれからもまだ続いておったんじゃろうか。まぁええか。

食事を終え、テントを片付けているメルヤとファーシラ。儂も出発できる準備を整えた。

「ねぇクロス」

ルージュがそっと声をかけてきた。虹の羽衣に身を包み、もういつもの状態だ。

「体はいい状態か？」

「ん。クロスのおかげですごく体が軽い。今ならなんでもできそう」

「それは良かった」

「昨日は励ましてくれてありがと。嬉しかった」

昨日の夜の話じゃな。そんなことで励ませるのであれば何度でも励まそう。ルージュのためになったならいい。

「二人だけの秘密。メルヤとファーシラの拷問に耐えきった。秘密はバラさなかったよ」

えっへんと胸を強調させ、自慢気に言う。別に秘密にせんでも良かったと思うが弱音を吐くところを見られたくなかったのかもしれんの。

「それと……」

ルージュはゆるっと儂のそばに寄った。

「昨日のマッサージ……すごく良かった。ボク、あんなに気持ちよかったの初めてかも。朝も快調だし、あれだったらまたしてほしい」

「機会があったらやってやろう。じゃがあれだけ敏感だったら、また笑い続ける羽目になるぞ」

「ううっ」

ルージュは思い出したように脇腹辺りを締めて隠そうとする。朝もからかわれておったからのう。

「クロスにされるのは悪くなかった。ちょっと途中から気持ちよくなってたし」

「ふむ？」

「クロスならモミモミもこちょこちょもされていいかも」

ルージュはかぁっと顔を赤くさせそんな言葉を吐いた。

「うぅ、ボクは変態さんになっちゃったかも」

「いいのではないか。そうやって人は大人になるんじゃ」

「じゃあクロスはどんな女の人が好き？」

儂の女の子の好み、もちろんたくさんあるが、まず最低条件を言うべきだろう。

「最低五十歳以上は年を召していてほしいな」

「クロスのほうが変態じゃない!?」

儂は極めてノーマルだと思うぞ。


【ルージュ視点】

勇者の家系として生まれたボクは幼い頃からずっと鍛錬をしていた。そして雷鳴の力に覚醒した時、ボクの運命は決まったと感じた。魔界にいる魔王を討伐するという使命だったけど、大きくなったら大好きなパパを捜しあてるつもりだったからボクにとってこの旅はちょうどいいものだった。

戦闘以外はなんにもできないボク。お姉さんで幼馴染のメルヤ、ファーシラがそばにいてくれるのはありがたい。人見知りで故郷では二人以外に親しい友人のいなかったボク。虹の羽衣の影響か同い年くらいの男の子からよく声をかけられるけど、その思惑が伝わるせいか異性に興味が全くわかなかった。年上好きってほどではないけど、パパのような大人びた男性が好みという自覚はあったから、今の今まで異性に口説かれてもそっけない対応をしてきたと思う。

そんな中出会ったのがクロス・エルフィドという男の子。年は十五歳でボクより一つ年下だ。初対面で出会った時もどうせ他の男の子と同じと思っていたけどその予想はいい意味で覆される。ボクに見惚れて口説いてくることもないし、旅慣れしてるボクたちの進行に平然とついてくるような男の子だった。お爺ちゃん口調で常に落ち着いた姿勢はどことなく年上の感じがしていた。

そしてブラックバード戦で見せたあの超人的な動き。ボクは雷鳴の力のおかげで感覚が非常に鋭敏だ。悪意や殺気、異性からの不埒《ふらち》な視線も電気信号という形ですぐに感じとってしまう。なのでボクは突発的な襲撃に強く、相手が暗殺しようとしてきても対処できてしまう。超感覚というものだろうか。その分、人一倍敏感でこちょこちょされると超絶に悶えてしまうのが難点。これは正直なるべくバレたくない弱点。でもそんな雷鳴の察知よりも早くクロスは動いてブラックバードを倒してしまった。彼に興味を持った瞬間だったと思う。

それから一緒に過ごして、夜の孤高の鍛冶場でパパの話をしてしまった。そして思わず弱音を吐いてしまったんだ。ボクのためについてきてくれるメルヤやファーシラには言えない勇者の悩みを、クロスはちゃんと真っ直ぐ受け止めてくれた。ボクを優しくハグして頭を撫でてくれたのが無性に嬉しかったんだ。昔、パパにされた時のようだった。

それからボクはクロスに興味津々で自分から声をかけてるようになってしまう。この感情はなんだろう。今まで感じたことのない胸のときめきかもしれない。そんな想いも幼馴染おねーさん方にはバレバレで大半吐かされてしまったけど……。

街への帰り道。大荷物を持ったクロスが前に立ち、ボクとメルヤ、ファーシラは後を追う。クロスが提案してくれたルートを辿れば行きよりも早く戻れるらしい。初めだったら半信半疑だったと思うけど、彼の実力はボクもみんなもわかっていたので疑うことはなかった。

早く街に戻ってお風呂にも入りたいし、のんびりベッドでお休みしたい。食事はクロスが美味しい料理を作ってくれたので満足したけどできるなら一緒に食べたいよね。あの街に美味しいお店屋さんがあるから誘ってみようかな。ボクが男の子を誘うなんてしたらきっと幼馴染の二人はびっくりするだろうな。

この旅が終わればクロスとはお別れとなる。なんとかパーティに入ってくれないかな。もっとお話もしたいし、一緒に過ごしたい。でも運び屋としてこだわりを持っていて、まるでお祖父ちゃんのように頑固なところがあるので難しいかも。そこは追々考えよう。まだ時間はある。

「クロス、お話ししない？」

「ええぞ。なんの話がええんじゃ？」

「クロスの故郷のお話が聞きたい」

「あのルージュが男の子に積極的に行くなんてね」

「成長したわねぇ。ちょっと感激しちゃったわぁ」

　後ろからなんだか保護者みたいなこと言われてるけど気にしない。ボクは昔からマイペースなんだ。クロスと楽しくお喋りしながら森を抜け、広い平原へさしかかる。確かにクロスの選んだルートは早い。あっという間に森を抜けてしまった。どうやってルートを選定して進行してるんだろう。

　しかもそれを鼻にかけず落ち着いているところがすごく興味深い。年下なのに頼りがいがあるところにぐっと来る。大人びているクロスの姿を自然と目で追ってしまう。クロスは少し早足で最初の草原にさしかかる。

「この辺りで昼食はどうじゃろうか？」

　大荷物を背負い笑顔で振り返る姿に思わず笑みがこぼれる。こんな和やかな時間がずっと続けばいい。ボクもそばに行こうと歩みを早めた。そのときだった。

「っ！」

　身震いするかのような感覚。ボクの持つ雷鳴の力の超感覚が発動した。何か強烈な殺意がボクたちに向いている。そこで気づいた。魔法の矢が射出され、猛スピードで近づいていたのだ。

ボクが狙いであれば簡単に避けられる。後ろの二人が狙いならボクが斬れる。でも前方のクロスが狙いだったら間に合わない。その魔法の矢は前方に出ていたクロスの頭を的確に狙っていた。しかも死角だからクロスは気づいていない。

「クロスッ！」

その名前を呼んだがきっと間に合わない。笑顔のクロスの頭を魔法の矢が貫き抜き、ボクたちは思わずその悲劇に声を上げるはずだった。

「なんじゃこれは」

なのにクロスは死角からの一撃をさも当然と奪い取るように掴んでしまい、防いだのだ。腕を上げて魔法の矢を掴み握りつぶす。その表情は防げるのが当たり前というものだった。ボクたちの周囲に奴らの気配がする。

「ちっ、まさか防がれるなんてな」

地面に魔法陣が浮かび、にょきりと浮かび上がる人影。ボクたち人族と同じ姿、寿命、言葉を使うのに決定的に違うのは小さな角と肌に残る特殊な入れ墨。そして雷鳴と正反対の力である暗黒の力、闇冥。それを使えるのが魔族と呼ばれている種族だ。彼らは魔界と呼ばれる異世界の住人で、ボクたちの住む世界、人間界に突然現れた魔王軍の戦士たちだ。

「あんたたち、毎度毎度しつこいわよ！」

「まだルージュちゃんを狙うのね」

ファーシラとメルヤが憤る。この魔界の戦士たちとは初対面ではない。彼らの目的は二つ。

人間界に侵略するために情報を集めること。そして魔族に雷鳴の力による特攻を持つボクを倒すこと。

「ふむ、襲撃は初めてではないということか。おぬしたちにとって因縁がある相手のようじゃな」

今までも何度も襲撃を受けている。理由はわからないけど、魔族たちはなるべく人の目がない所で襲ってくる。おおっぴらに見つかるのを避けているようだ。

百二十年前の大崩壊も、雷鳴の力を持つ人族の戦士たちを倒すために魔王が命をかけて行ったと言われている。それほどまでに魔族はこの力を恐れている。ボクは勇者の剣を抜き、魔界の戦士たちに対峙する。

「ボクは負けるわけにはいかない」

ファーシラがクロスに向けて大声で叫ぶ。

「クロス、あなたは急いで街へ戻りなさい。この戦いは勇者と魔王の戦いだから、運び屋であるあなたには関係がないわ」

「旅の前に何かあったら逃げろと言っていたのはこのことか」

「巻き込んでごめんなさいね。このタイミングで襲撃してくるなんて思ってなかったから」

クロスはじっくりと考えこんでいた。

「雷鳴の力を持つ勇者とその一味を早急に滅ぼすと決まったんでな。勇者よ、今度こそ始末させてもらう」

魔族の戦士たちはにやりと笑う。幾度となく死闘を繰り広げてきたけど……決着の時が来たのかも。絶対負けられない。

「わかった。儂は運び屋として撤退し、荷物を運ぶために街へ戻っていよう。おぬしたち、絶対無事に帰ってくるんじゃぞ」

クロスは急いで走り出した。これでいい。ボクたち三人で今まで戦ってきたんだから。魔族の戦士七人は見合っていた。いつも集団戦で襲ってきたけど、どうも今日はおかしい。何かが違う。すると七人の内の二人がクロスが逃げた方に向かっていた。

「クロスを狙ってる⁉　彼は関係ない人よ！」

「俺の矢を避けたあの男。逃がすわけにはいかない」

クロスに狙いをつけている。急いで追いかけようと思ったけど五人の魔族の戦士たちに阻まれた。

「ルージュどうする？」

困った顔をするファーシラたちにボクは考える。昨日の夜、一戦を交えた時にボクはわかっていた。クロスならきっと大丈夫だって。だからボクのやるべきことは一つ。

「こいつらを速攻倒してクロスを助けに行く」

「はっ！　倒せると思ってるのかよ！」

魔族の戦士たちとの戦績は五分五分。少しの油断もできない戦いになる……はずだった。

「ブースト、オフェンスアップ。シールド展開！」

メルヤの補助魔法で全体的な強化を図る。だけどなんなんだろう。いつもより強化具合が増しているような気がする。

「フレアストーム！」

ファーシラの得意な火炎魔法が炸裂《さくれつ》する。魔族の戦士を近づけさせないための牽制の魔法だけど、その火力が猛烈で魔界の戦士たちは慄《おのの》いている。

「行くよ」

「なっ！」

リーダーの魔族の男に肉薄し一気に剣を振る。男にはギリギリのところを避けられる。でもまだまだ終わりじゃない。ボクはそのまま攻め続けた。横から後ろから魔界の戦士が迫ってくるけど、ボクはそのまま戦い続けた。今までなら同時に二人が精一杯だったけど、三人でも四人に囲まれていても戦えそうだ。体がとても軽い。

「バカな！　いつの間にそれだけ腕を上げた」

理由は一つしかないよね。

「体をモミモミされたからかな」

雷鳴の力を剣に這《は》わせ、力を行使する。それが音となって大地に響く。魔族に特攻を持つこの技を、今の調子のいいボクが使えば五人まとめて倒すことができるだろう。

「――ライジングスラッシュ」

「ぐあああああっ！」

五人まとめて雷鳴の剣技で戦闘不能にすることができた。

「ルージュちゃんすごいっ！」

「こんなに簡単に勝てるなんてね」

「早くクロスを追おう」

こんなことはしてられない。たぶん大丈夫だと思ってるけど、目で見ないとわからない。クロスのおかげで体は絶好調だよって伝えたい。そしたらなんて言ってくれるかな。またハグしてくれないかな。

「くっくっく……」

地に伏せた魔族の戦士たちは笑う。雷鳴の力のショック状態から立ち上がれていないようだ。なぜそんなに笑っているんだろう。

「勇者ルージュ。あんたはつえーよ。魔族の中でもトップクラスの俺らが全く敵わないとは予想外だぜ。きっとあんたを倒せる奴はほとんどいないだろう」

「だから何」

「だけど今回はあんたを倒せるお方を連れてきた」

そのときだった。闇の力を持った触手が突如現れてファーシラとメルヤの体を貫く。

「ファーシラ、メルヤ!?」

突然現れたその触手はボクのところにも飛んでくる。雷鳴の力の感覚でそれを見切り、剣でその触手を弾き飛ばす。さらに現れる触手を避けて、斬りつける。思ったより早くて攻撃が重い。なんなの、いったい。

「ふむ……この攻撃を避けるか。さすがは雷鳴の力を持つ勇者だけはある」

空間転移を経て現れた男は、角を持つから魔族なのは間違いない。その風格は先ほどの戦士たちとは比べものにならないほどに強い。

「へへへ、このお方は魔王軍幹部三柱の一人、ヘカロス様だ。魔王候補でもあられる！」

魔王軍の幹部。まさかそんな奴がこの人間界に現れるなんて……。確かに曾お祖父ちゃんの手記に残ってたっけ。三柱とは魔王直属の配下で恐ろしい力を持つ魔族の戦士だって。雷鳴の勇者である曾お祖父ちゃんでも三柱の一人を倒すので精一杯だったらしい。でも魔王候補ってどういうこと？　魔王はもしかして……。

「余計な情報をもらすな。弱者め」

「がはっ！　ああああああああ」

ヘカロスという男の触手が五人の魔族の戦士たちの体に突き刺さり、魔力を奪っているようだ。そうして魔族の戦士は塵《ちり》となって消えた。

「仲間をどうして」

「弱い兵に意味はない。どちらにしろ任務完了の暁《あかつき》には始末すると決まっていた」

「おまえたちはおかしい」

「ふふ、人間も似たようなものではないか」

くっ、早くこいつを倒してファーシラとメルヤを助けないと。たとえ実力差があっても雷鳴の力さえ当ててしまえば勝てるはずだ。

「さぁ始めようか勇者。私に勝てるかな」

ヘカロスから無数の触手がボクに向かって迫ってくる。躱し、トップスピードで飛び出し、雷鳴の力を溜める。触手の動きは決して速くはない。これなら一気に近づける。

「来い。雷鳴の力とやらを見せてみたまえ」

「言われなくても！」

全力で雷鳴の力をひねり出し、剣に纏わせて一気に振り下ろした。これならやれる。雷鳴の力に不可能はない。なのにヘカロスの触手の防御に阻まれる。雷鳴の力でショック状態にできるはずなのに阻まれてしまう。

「な、なんで！」

「小娘の雷鳴ではこの程度が限界か。濃厚な私の闇冥の前ではたいしたことではない」

「雷鳴は魔族に特攻なんじゃ……」

「当たればの話だろう？」

ヘカロスの触手が無数に現れて、ボクの体を縛っていく。油断した。全身を拘束され剣を落としてしまう。

「ぐっ……」

「三柱である私が出張らねばならん事態にまで魔族を陥れた君の力は評価しよう」

「ああっ！」

触手の縛る力が増し、体がミシミシと音を立てる。痛みで思わず気を失いそうになる。

「同族の復讐に君を辱めてもいいのだが、あいにく人族相手に性的興味は湧かなくてね」

「んっ！」

触手により恥ずかしいところを締め付けられて変な声が出てしまう。だがその行為はすぐに終わった。

「はぁ……はぁ……おまえたちは何をしようとしている」

「答える義理はないが、まぁ君には聞く権利があるか。魔王軍にも穏健派と急進派がいてね。人間界を襲い、人族を排除しようと考えている者たちを急進派と思ってくれていい」

「……魔王はもういないって本当？」

ぴくりとヘカロスは反応する。どうやら先ほどのやりとりは本当のようだ。

「魔族を統《す》べる因子を持つ者。それが魔王を名乗る条件なのだよ。魔族はコミュニティの中でトップとなった者がその因子を手にしていた。もし魔王が寿命で死ねば高位魔族の誰かが因子を受け継ぎ、魔王が殺されれば殺した者がそれを受け取る。君は知らないだろうが六十年前、人族の襲撃により先代の魔王様は殺された」

「え？」

六十年前ってことは曾お祖父ちゃんの時だと思う。でもあのとき曾お祖父ちゃんは魔王のところにたどり着けなかったと言っていた。

「雷鳴の力を持った勇者に倒されたと思われていたが、その者は死んだはずなのに未だ魔王様の因子は誰にも受け継がれていない。なので雷鳴の力を持つ君を狙ったのだ。君が因子を持っているかもしれないからね」

「そんなの知らない」

「人族では認知することすらできん。だが確実に持っているはずなのだ」

その話が本当なら人族でも因子を得ることができる。つまり人族でも魔王になれるということだ。でもボクはそんなものを持っているはずない。けど、それを証明する手立てもない。魔族は勘違いをしているのかも、それとも。

「このまま魔王の因子がないままだと魔族は緩やかに滅んでしまう。だから私は因子を手に入れ、魔王となるのだ！　父である先代魔王の望みである人族の滅亡を叶える」

「そんなこと……させるわけには！」

「だが君たちも同じだ。十年前に魔界に攻め込んできただろう？　あのときに同士が犠牲になったのだよ」

「十年前!?　パパの時だ。そのときのみんなはどうなったの！」

「親しい人でもいたのかな。雷鳴の力を持つ者はいなかったら、簡単に皆殺しできたよ」

「そ、そんな……」

「だが素体として優秀な者は捕らえたか。私のあずかり知らぬところだが」

「はあああああっ！」

ボクは力を振り絞り、触手による拘束を解いた。そして勇者の剣を拾いヘカロスに斬りかかる。

「ライジングスラッシュっ！」

「あの拘束を解くとはな。だがまだまだだよ」

地面から突然現れた触手により足をからめとられ、バランスを崩してしまう。そのままヘカロスから出現した触手に再び縛られてしまった。ヘカロスは鋭い槍のような触手を出現させ、ボクに向けていた。

「いい攻撃だったが、これで終わりだ」

「く……ほどけない」

「勇者よ、死ね！」

「……ファーシラ、メルヤ、パパ、……クロス。ごめん」

最期の言葉をボクは呟いた。目を瞑り、悔しさで涙が出てしまうほどだ。だけどその攻撃はいつまで経ってもこなかった。

「まぁ待て。そのくらいにしてはくれんか。この子はまだ伸び盛りなんじゃよ」

ポンとヘカロスの肩に手を置くのは逃がしたはずのクロスだった。なんでここにいるの？　戻ってきたの？　どうして。

「……」

ヘカロスは何も言わず触手を出現させクロスに向けて突撃させる。全方位から迫る触手の刃に逃げ場はない。だけどその触手はクロスに近づく前に全て粉々に斬り払われていた。どうやってるの？　注視してわかった。すごい速さで刀を抜き、全方位をカバーしている。こんなことをできる人がいるなんて。ヘカロスは一歩離れ、クロスが刀を一振りするとボクを拘束していた触手が全て砕けた。クロスがボクに近づく。

「どうして戻ってきたの？　運び屋の仕事を全うするんじゃ」

「したぞ。荷物は全て街に置いてきた。だからここからは趣味の時間じゃ。運び屋としてではなく、クロス・エルフィドとしておぬしたちに助太刀をする」

「何者かね君は。雑魚とはいえ魔族の戦士が追っていたはずだが」

「振り切っても良かったんじゃが街に呼び込むわけにもいかんし、わざと追いつかれてべしっとしてやったわい」

なんとなく想像がつく。あのときクロスを追った魔族は血の気の多い奴ら。つっかま〜えたとか言いつつ、クロスに逆に捕まって倒されてしまったんだろう。

「クロス、あいつは強い。今のボクじゃ勝てない」

「そんなことはない。あの程度の男、今のおぬしでも十分勝てるぞ。ありゃ大した鍛練を積んでおらん」

「ぴくっ」

ヘカロスが露骨に怒りを見せた。遠慮の無い言葉が魔王軍の三柱の誇りに傷をつけたのかも。クロスはヘカロスが魔王軍の幹部であることを知らない。なのにその言葉を信用してしまいそうだ。助けに来てくれたことが想像以上に嬉しいみたい。

「おぬしに足りないものは武器じゃ。あの剣ではおぬしの力を生かしきることはできん」

「勇者の剣なのに？」

「だってあれ儂が作った中でも失敗作じゃし」

　クロスの呟いた声はよく聞こえなかった。でもこの剣がボクの雷鳴の力を生かしきれないなら どうすればいいのか。新しい剣があるわけでもない。

「勇者の剣を儂に貸せ、今ここで鍛え直してやる」

「ここで⁉」

「その間、この小太刀を貸してやる。奴と戦い時間を稼いでくれ」

「ん、わかった」

　どういうことなんだろう。クロスが腰に下げる三本の刀のうち一つの刀を受け取り抜いてみる。あ、この刀すごく使いやすい。雷鳴の力の通りは悪いけど、切れ味だけなら勇者の剣よりも数段優れている。

「ふざけたことを抜かす。私は魔王軍の三柱！　舐めるでないぞっ！」

　ヘカロスは怒り、突撃してきた。触手を行使し近づいてくる。クロスは二本の太刀を抜いて、地面に突き刺した勇者の剣を見据えていた。クロスは二本の太刀を強くこすりつけることで炎を生み出す。魔法でもないのに炎を出現させるなんて普通の人にできることじゃない。クロスは懐から金槌《かなづち》を取り出して、その炎と一緒に勇者の剣を打ち始めた。

「即席じゃがあの男を倒すくらいなら十分じゃ」

「舐めるなよ村人風情がっ！」

「くっ！」

怒ったヘカロスの攻撃を捌ききれず跳ね飛ばされてしまう。たくさんの触手を一つにまとめて極太の槍として、ヘカロスはクロスに近づいた。

「直接突き刺してくれる！　私を侮ったこと後悔するがいい！」

ヘカロスは鍛冶中のクロスの体に槍を突きそうとした。このままじゃクロスはやられてしまう。

「クロス！」

「死ねぇっ！　雑魚がっ」

「うるさい。作業中じゃ黙っていろ」

だけど近づいたヘカロスの頬にクロスの肘が突き刺さっていた。

「あ、あべべ!?」

ごきっと骨が砕ける音がして、ヘカロスは大きく吹き飛び、木を何本もなぎ倒して森の中に突っ込んでしまった。何事もなくクロスは剣を打つことを続ける。

「もう少しで鍛練が終わる。もう少し耐えるんじゃ！」

もうヘカロスは吹き飛んでいってしまったけど……。

「クロスが戦ったほうが早いんじゃ」

「うむ？　運び屋の儂が魔族と戦えるがわけないじゃろ」

そこは運び屋であることを強調させるんだ。なんでかわからないけどボクに戦わせたいんだろうか。でも魔王軍の戦いは勇者であるボクの使命。ヘカロスはきっと戻ってくる。あの男の目的が人族の殲滅ならここで倒さなければいけない。

「できたっ！」

そんなに早くできるんだ。クロスは即席で打ち直した勇者の剣をボクに渡してくる。打たれたばかりの勇者の剣は、何もかもが違った。ずっと使い続けてきたボクだからそのすごさがわかったのだ。

「今はこの程度の強化しかできんが、奴を倒すだけなら十分なはずだ。ルージュ、頼むぞ。魔族を倒せ！」

「ん！」

「ふざけおってっ！」

ボロボロになったヘカロスが森から現れる。クロスの肘打ちは思った以上のダメージだったらしい。

「私の本気を見せてやろう。貴様らを粉々にしてやるっ！　魔装形態っ！」

ヘカロスの体を触手が包み込む。闇冥の力が満ちあふれた状態へ姿を変えた。これだけの力をまだ隠していたんだ。

「勝てるかな」

「勝てるさ。おぬしならな」

クロスがそう言ってくれるなら成し遂げられる気がする。闇冥の力を解放させたヘカロスは全身が魔物化していた。さっきまでのボクだったら為す術なく倒されていたかも。でもこの勇者の剣改とクロスがそばにいてくれるならきっと勝てる。

「ふぅ……。行くよ」

「うむ、いい目をしている」

「死ねぇぇぇぇぇっ！」

醜い魔物に姿を変えたヘカロスの突撃。ボクたち二人をまとめて倒そうとしているのだろう。クロスは何も構えない。きっとボクを信じてくれている。

勇者の剣改を握って雷鳴の力を極限まで絞り出した。今までと違い、全身に雷鳴の力を行き渡らせられる。きっとこの剣が増幅させているんだろう。今のボクなら誰にも負けない。ボクは剣を構え、ヘカロスに立ち向かう。雷鳴の力を宿した一撃を全身全霊で放った。

「ライジングっ！」

雷鳴剣よりもさらに密度の濃い雷の一撃を放つ。

「デトネイター！」

ヘカロスの闇冥の鎧がはじけ飛び、中から信じられないといった顔をしたヘカロスが現れた。

敵の防御を打ち崩したんだ。

「バ、バカな」

「ボクの勝ちだ！」

雷鳴のショック状態でヘカロスは立てず、倒れ込んだままだ。より強い雷鳴を与えることができた。ヘカロスの攻撃を正面から打ち破ることができたんだ。

「先ほどの雷鳴とは段違いじゃないか。これほどの力とは……」

「真っ向勝負じゃなかったらこんな結果にはならなかったかも」

触手でテクニカルに戦われていたらうまく事が運ばなかったかもしれない。魔族は搦め手より強力な技を好んで使ってくる傾向にある。それでもこの剣を使えばボクは勝っていただろう。

ヘカロスはようやく立ち上がり大きく傷つきながら後退していく。

「まだ死ぬわけにはいかない。この借りはいずれ返させてもらう」

ヘカロスの体が少しずつ消えていく。空間転移の魔法だ。遠くへ飛び、そのまま魔界へと帰っていくんだろう。悔しいけど今のボクに止めることはできない。

「次会う時は必ず貴様らに地獄を見せてやる。覚えておくがいい。あっはっはっはっ！」

再戦を示唆し、ヘカロスはいなくなってしまった。戦いが終わり、ボクは剣を下ろす。

「剣は下ろすな。雷鳴の力を溜めておけ」

「どういうこと？」

「奴の言う次などない」

クロスの言ってることがわからない。言われるままボクは雷鳴の力をまた絞り出す。クロスは二本の刀をシュシュシュと素早く振った。

「――【戻し《リバース》】」

するとと空間転移で逃げたはずのヘカロスが戻ってきた。高笑いをしていたのにボクたちの姿を見て笑いを止め、愕然とする。

「なぜ貴様らが転移先に！」

転移したと思っているのだろうけど、ただクロスによって戻されたことに気づいていない。

クロスはにやりと笑った。

「転移で逃がすはずがなかろう。おぬしは、ここで死ぬんじゃよ」

「ひ、ひぃ！」

ボクはすでに剣を振り上げていた。そして渾身のライジングスラッシュをヘカロスに振り下ろすのである。

「バカなあああああっ！」

極大の雷の力でヘカロスの体は消滅し、大きな戦いは終わった。


「う、うーん」

「いたた……」

ファーシラとメルヤが目覚めたのを見て、ボクは二人に抱きついた。二人はヘカロスの触手に刺されて気を失っていたのだ。あのままだったら二人は死んでいた。でもクロスが仙薬という薬を使って二人を助けてくれたのだ。

クロスはボクを含む三人を担いでとんでもないスピードで街へと運んでくれた。行きは一週間以上かかった道なのにあっという間に街に戻ってしまったのだ。

「突然現れたあの魔族の男はどうなったの！」

ファーシラの声にボクは返事をしようとしたが、それよりも早くクロスは喋った。

「ルージュが倒したんじゃ。さすが雷鳴の勇者じゃな。最後の一撃は見事だった」

確かに倒したのはボクかもしれない。でも剣を強化してくれたのはクロスだし、クロスがいなければ勇者パーティは全滅していた。

「クロスくんも無事だったのね」

「うむ、ボロボロだったおぬしたちを介抱させてもらったわい」

大怪我をしてまだ体力が戻っていないファーシラとメルヤをベッドで寝かせ、ボクとクロスは外へ出る。

「さて儂はそろそろ王都へ戻ろうかと思う」

「もう行くの？」

「仕事が終わったからな」

まだまだ話したいことはいっぱいあった。剣のこと。その強さのこと。そして。

「魔王軍の三柱を打ち倒したことは、ボクだけの成果じゃないのに」

「いいんじゃよ。儂がしたくてしたことじゃ。それでおぬしの望みに繋がるなら儂は力になろう」

やはりクロスは自分の成果を公《おおやけ》にしないようにしている。理由はあるんだけど、ボクがそれを阻止するわけにはいかない。クロスの言うとおりその成果を借りることにする。

「よく頑張った」

優しい顔で微笑んで頭をなでてくれた。やっぱりこの感情は間違いない。ボクは寂しくてクロスに抱きついていた。

「また会える？」

「うむ。儂は王都におる。運び屋として仕事を頼みたければまた依頼するがいい」

「直接会いにいく」

「それで構わんぞ」

こうしてクロス・エルフィドとの出会いの話は終わりを迎えた。復活したファーシラとメルヤにこの気持ちを言葉にした時はびっくりされたけど、ボクの願いをちゃんと肯定してくれた。

魔王軍の三柱であるヘカロスとの戦いで様々な情報が手に入った。これを基に今後の旅の計画を考えていかなきゃいけない。魔王は不在だが魔族には何やら不審な動きがある。

だけど、旅続きだったこともありボクたちは一時休息を取ることになった。いつも一緒のファーシラとメルヤと別れ、ボクは一人行きたい所へ行くことになる。

そこは……。

【エピローグ】

「運び屋に就職したって聞いた時はびっくりしたけど、制服が似合っているじゃない」

「クロスさんにぴったりの職業だと思います」

シャルーンとスティラは、運び屋の制服姿の儂を妙に感慨深そうに見ていた。別に普通じゃと思うがな。刀を持ちやすいようにしてるが。

二週間ほどの出張を終えて数日、【ハヤブサ】の事務所内で仕事をしていたら二人が突然現れたのだ。シャルーンは王女でスティラは王都の冒険者ギルドで働くと言っていたから、いつかは見つかると思っていたのだが思ったより早かった。

「ねぇクロス。聞きたいことがあるんだけど」

「なんじゃ」

「最近……私の名声がすごいの。特に地方からね。盗賊や魔獣を倒して民衆を救った英雄だってね」

「シャルーンさん、すごいです」

「ほぉ、やるではないか」

「でもね！　あきらかに数が合わないの！　私が城にいるのに遠く離れた街で魔獣を倒したことになってるの！　クロスが出張でそこへ行っている時に限ってね！」

「あっ」

ステイラは感づいたように反応する。そんな時、なんて言えばいいか儂はわかっている。

「無意識で救ったんじゃないか。シャルーンならできるじゃろ」

「平然とすっとぼけるのね。まぁいいわ」

これからも、しれっと救った時はシャルーンに名声をなすり付けるとしよう。

「くくく、クロスくん！」

足音がしたので振り返ると社長が震えた手でお盆を持っていた。

「おと、おと、お友達が来たから飲み物を！」

「社長！　そんなことは儂がやりますぞ」

すっころびそうなので社長からお盆をひったくり、ジュースの入ったコップに二人に渡す。

紹介する手間が省けたわい。

「この方が【ハヤブサ】の社長をされているアイリーン社長じゃ」

「よろよろよろよろろろろろろ！」

「社長さんのところだけ地震起きてるけど大丈夫？」

「気にせんでくれ。社長は重度のコミュ症じゃ。おぬしらのような未来の明るい少女が天敵なんじゃよ」

「それでよく社長ができますね」

「社長は確かに問題点も多い御方じゃが、儂はとても尊敬しておる」

「えへへへへ、クロスくんに褒められると私頑張れるかも。もっと褒めて褒めて！」

「生き返ったわね」

「満面の笑みですよ」

「そんなわけで楽しくやっておるわい」

そんな時だった。会社入り口の扉が突然開かれる。

「お客さんかしら」

その客はロングコートにフードを被って身なりを隠していた。しかしその容姿、見覚えがある。その子がフードを取った結果、金色の髪が照らされる。

「クロス、会いに来た！」

「ルージュ！　おぬし、王都に来たのか」

「ん！」

先日のお仕事で出会った勇者であるルージュであった。まさかこんな早くに再会するなんて。

王都にたまたま立ち寄ったんじゃろうか。

「ルージュ!?　あなた、どうしてここにいるの？」

「シャルーン。おひさ」

「なんじゃ。シャルーンはルージュを知っておったのか」

「ええ。ルージュは王国からも支援を受けて旅をしているから」

勇者なんだから王女と面識があるのは当然か。さすがにステイラは知らなかったようだが……。

「す、すごい格好ですね。でもシャルーンさんと同じくらい美人さんで、細くてスタイルもいい」

ステイラはルージュの虹の羽衣に目がいっているようだった。久しぶりに見たがやはり際どい格好じゃのう。ルージュはぎゅっと儂の腕に絡んできた。

「ねぇあのときの続きしよ」

「ちょ、ルージュ何をしてるの！」

「あのときの続きって、クロスさんルージュさんと何をしたんですか！」

「何かしたか？」

あまり覚えがないのう。ルージュが甘い声で迫ってくる。

「はやくぅ。あのときみたいにボクの体をモミモミしてぇ。キモチよくさせてぇ」

「クロスさん。そ、そのルージュさんの体をモミモミしてキモチよくさせたんですか！」

「そうじゃな。したな」

「そんなっ！　あ、でもわたしもされましたね。ベッドの中で……モミモミ」

ステイラにもした気がする。マッサージではなかったが。腕に絡みついてくるルージュを見てかステイラも儂の隣にすり寄り始めた。爺が恋しくなったのか？　ステイラの肩に手を寄せ引き寄せる。幼子たちに好かれて何より。これが前世できなかった孫を愛でるというやつじゃな。嬉しいからお小遣いをあげちゃいたくなるな。ご飯もおごってやろう。

「なんですって!?　ルージュもスティラもされた!?　私されてないんだけど」

シャルーンが大きな声を上げる。この子も甘えたいのかのう。じゃがうるさくなるのはごめんじゃ。

「クロス！　私にもドスケベしなさぃよ！」

「何を言っておるんじゃ、おぬしは」

「シャルーンさん、たぶん王女が言っていい言葉じゃないと思います」

そんな様子に社長がため息をつく。

「クロスくんモテるんだねぇ。みんな可愛いし胸も大きい子ばかり……。それに比べて私はあばばばば」

なんだか社長がまた闇を吐いている気がする。フォローをしておくか。

「そんなことはありませんぞ。この中では社長が一番女性として魅力的だと思います」

「え、ほんと？　嬉しいな。ひっ！　今すごく若い子たちから睨まれた気が」

社長のほうを向いていたから何も気づかなかったな。まぁええか。

「クロスくんは私のどこが魅力的なのかな。気になるなぁ」

「老いてるところ」

「老い!?」

「女は老いてこそ魅力が増すのです」

「どういうこと!?」

社長はまだまだ小娘だが子供ではない。後ろの二十歳に満たない少女よりも選ぶのは当然と言えよう。儂は子供には興味がない。

「まぁいいわ」

シャルーンが仕切り直すように声を上げる。

「最初はクロスとスティラだけにお願いしようと思っていたけど、お仲間の二人がいないってことはルージュも今はお休みなのよね」

「ん。しばらくは王都でのんびりする」

「じゃあさぁ。三人にお仕事を依頼してもいい？」

「内容はなんじゃ」

その質問にシャルーンは銀髪を靡《なび》かせて答えた。

「私と一緒に学校に通ってくれない？」

どうやら次の運び屋としての仕事は、王都で最も大きく有名な学園での一騒動に関することのようじゃ。

【???】

「ヘカロスが死んだのですね」

「はい、お母様。まさか……三柱の一人が亡くなるなんて」

それは魔界のとある施設での会話。魔族である二人の母娘がこれからのことについて話していた。魔王軍の三柱の一人が人族によって倒されたことに少なからず影響を受けていた。

「ヘカロスが死に、急進派は衰えていくことでしょう。だけど人族によって滅ぼされる前に、魔族は選択を行わなければなりません」

「……」

「ヘカロスは勘違いしていましたが、六十年前に魔王様を倒したとされる人族は雷鳴の勇者ではありません。そしてまだ生きていて、魔王の因子はその人族に残っているのです」

「お母様の過去視のおかげですよね」

「ええ、私が見たのは大太刀を背負った老人でした。寿命を考えれば死んでいてもおかしくはありませんが、未だ生きているのは間違いありません」

「人族も魔族も百年以上は生きられないはずですからね。どうやって生き抜いているんでしょうか。」

母は娘に命ずる。

「ヒスティア。人間界に行きなさい。そして人族である魔王様に出会うのです。魔族のプリンセスであるあなたにしかできないことです」

「……わかりました、母上」

「あなたにはつらい選択となるでしょう。ですがこれも人族と結ばれることができるあなたにしかできないこと。魔族全体のためになるのです」

「わかっています。たとえ相手が老人だったとしても、わたくしが魔王様の……」

ヒスティアと呼ばれた美しく可憐な魔族の娘が心に誓った。

「子を生《な》し、次代の魔王様とさせてみせます」

クロス・エルフィドの前に、また一人志《こころざし》を持った少女が現れようとしていた。

《了》

あとがき

はじめまして鉄人じゅすと申します。

この度は拙作をお手にとって頂きありがたく思います。

今作は老練の時空剣士が若返るということで、老人の主人公が若返って無双するということがコンセプトになっています。

正直、これまで似たような作品はたくさんあり、それらを読んで一律に思うことがありました。

精神も若返ってないか、コレ。

ヒロイン達のアプローチに困惑したり、二十代くらいのキャラに怯《ひる》んだり、そういう違和感を逆手に取って今作は生まれました。

可愛いヒロイン達がどんなにアプローチしても、赤子としか思っていない主人公からすれば動じるはずがないわけで、ハーレム物なのにそう簡単に一線を越えない形ができあがったわけです。

あと、今作の二章のリドバのような誰も逆らえない老人系のキャラに対して、小童と言えるような存在を書きたかったというのもあります。二百年生きた人間からすれば七十歳など子供同然ですからね。

ただエルフやドワーフのような長寿命《ちょうじゅみょう》種族を登場させるとコンセプトが大きくぶれます。

なので、クロスよりも歳を取ったヒト族は存在しません。だからこそ彼は精神も最強なのです。

今作を読んでくださった方なら分かるかもしれませんが、今回三章分、全て前世のクロスが関わっています。二章とか三章は前世のクロスが上手くやっていれば避けられた事件かもしれません。

今後も前世のクロスのやらかしを今世のクロスがなんとかする。そういう場面が出てくることでしょう。そういった要素を楽しみつつ、今後のお話も楽しんで頂ければと思います。


最後になりましたがイラストレーターの佐糖アメ様。大変素晴らしいイラストをありがとうございます。クロスのイケメンぶりと各ヒロイン達の可愛らしさに感動をしました。特にルージュのあの衣装は素晴らしい。あの格好で外歩いてたらそりゃたまらんでしょうね。キャラデザを見させて頂いた瞬間、本当に嬉しかったです。

担当編集様、ブレイブ文庫様。拙作の発行に尽力して頂きありがとうございます。


そしてここまでお読み頂いた皆様、本当にありがとうございます。

今後とも末永く宜しくお願いします。

また次巻でお会いできる日を心よりお待ちしております。

鉄人じゅす